डबल खस्सी

खेल आयोजित करने का खेल. . . .

संतोष कुमार

खेल भावना को समर्पित ।

क्रम-सूची

पावती (स्वीकृति)

सुधी पाठकों को यह उपन्यास समर्पित करते हुए, हार्दिक प्रसन्नता हो रही है। यह मेरा प्रथम प्रयास है। उम्मीद है, पाठक गण इसका ध्यान रखेंगे। इस उपन्यास को आप तक लाने के पीछे अनगिनत लोगों का सहयोग है पारिवारिक सदस्यों के अलावा, राम सर, माधव, अपदीप, अनिरुद्ध एवं सैकत के सहयोग के बिना यह कार्य असंभव था। इसके लिए मैं सदा आप लोगों का आभारी रहूंगा।

1

शुरुआत

शुरुआत

अजान की आवाज से एक नये दिन की शुरुआत होती है। हर दिन की तरह आज का दिन भी सामान्य दिन ही होगा? ये कौन जनता है? अजान खत्म होते ही मुर्गे की बांग सुनाई देती है। ऐसा लगता है कि मुर्गा अजान खत्म होने का ही इंतजार कर रहा था। अभी भी थोड़ा अंधेरा है। रास्ते सुनसान हैं। सुबह की धुंध में गांव की खूबसूरती और भी बढ़ जाती है। एक-एक करके कुछ घरों में रोशनी होने लगती है।

लेंगधैया 22 वर्षीय हट्टा कट्टा घुंघराले बालों वाला युवक है। जो आदिवासी समाज से आता है, वह बहुत जिम्मेदार लड़का है। इसका घर गांव के पूर्वी किनारे पर है। लेंगधैया के लिए अजान या मुर्गे की बांग दोनों में से कौन अलार्म का काम करता है, यह शायद लेंगधैया भी नहीं जानता है। मगर वह हमेशा इसी समय जागता है। उसके इसी आदत के कारण दोस्तों में सब को जगाने की जिम्मेदारी उठाता है। लेंगधैया अपने कमरे में रोशनी के लिए स्विच ऑन करता है और एक मग के साथ बाहर बारी में जाता है। बारी घरों से सटा हुआ, छोटे से खेत का टुकड़ा होता है जिसे अंग्रेजी में किचन गार्डन भी कहते हैं। जो लगभग इस गांव के सभी घरों में है। हर बारी में एक कुआं होता है। जो हर घरों में पानी की आवश्यकता

को पूरा करता है। लेंगधैया कुएं के पास आकर नित्य कर्म की प्रक्रिया पूर्ण करता है, नहा धोकर तैयार होता है और जल्दबाजी में घर से निकल जाता है।

गांव के दक्षिणी तरफ थोड़ी दूर पर कुछ सरकारी क्वार्टर है। इन्हीं में से एक क्वार्टर में विनीत रहता है। 30 वर्षीय विनीत अप्पने सभी दोस्तों में सबसे गोरा लड़का है। हमेशा अपनी तुलना दूसरों से करने को लालायित रहता है। विनीत बाथरूम से निकलकर तैयार होता है। ड्रेसिंग टेबल के सामने खड़े हो कर खुद को निहारता है। खुद के स्मार्टनेस पर गर्व करते हुए डियोड्रेंट लगाता है। फिर वह अपना मोबाइल जो कि उसके स्टडी टेबल पर यीशु की मूर्ति के पास रखी हुई है, लेता है। उसे ऑन करता है। फिर वापस रख देता है। कमरे से बाहर निकलते हुए वापस कमरे को निहारता है एक पल सोचने के बाद मोबाइल ले लेता है। कमरे की लाइट ऑफ करके बाहर चला जाता है।

विल्सन, अपने सभी दोस्तों में दुबला-पतला और सबसे लंबा लड़का है, जिसकी उम्र 20 22 साल होगी, नंगे बिस्तर पर सो रहा है। उसके स्टडी टेबल के पास एक कुर्सी जिसकी बुनाई उधड़ चुकी है, पड़ा हुआ है। उसके ऊपर एक तकिया रखा हुआ है, जो बैठने के लिए है या उधड़न छुपाने के लिए है। यह कोई नहीं जनता है। विल्सन के घर को बाहर से देख कर कोई भी इसका अंदाजा नहीं लगा सकता है, क्योंकि यह ब्रिटिश काल का बना हुआ, गांव का सबसे बड़ा घर है। जिसके बाहर हर शाम दोस्तों की संसद लगती है। चर्च की घंटी सुनते ही, जल्दबाजी में उठकर समय देखता है। शायद वह लेट हो चुका है। पेंट बदलकर, टी-शर्ट को सूंघकर सुनिश्चित करता है कि इससे आज काम चल जायेगा। स्टडी टेबल में बिखरे फेयरनेस क्रीम के ट्यूब से क्रीम निकाल कर चेहरे पर लगाते हुए, अपने घर से कहीं जाने के लिए, निकल जाता है।

विल्सन के घर के ठीक सामने एक और घर है। यह भी ब्रिटिश काल का ही निर्माण लगता है। घर के बाहर दो गेट बंटवारे की गवाही देता है, और घर को दो छोटे-हिस्सो में बाटता है। सम्मिलित रूप से यह घर निश्चित ही विल्सन के घर से भी बड़ा है। एक हिस्से का नया निर्माण उसमें रहनेवालों की समृद्धि का परिचायक भी हैं। यहीं से निकोलस जो

कि भारतीय डाक एवं तार विभाग से बहुत ऊंचे ओहदे से सेवानिवृत्त हो चुके हैं, अपने बेटे विनोद उम्र 20 साल के साथ घर से बाहर आते हैं। विनोद के शरीर पर विभिन्न ब्रांड ऐसे चमक रहे हैं जैसे किसी सैनिक के तगमें चमकते हैं। विनोद चुपचाप अपनी मोटरसाइकिल से बाहर चला जाता है। निकोलस अपनी कार को निहारते हैं, जो बहुत ज्यादा चमचमा रही है। उस में बैठते हैं और घर से बाहर निकलते समय अपनी वैभव दर्ज करने के लिए एक लंबी हॉर्न बजाते हैं।

इन्हीं घरों के पास गांव का छोटा सा चौराहा है। जहां पर कई सारे दुकाने हैं। बंद दुकानों के बाहर अखबार वालों की गहमागहमी है। जो अपने अखबारों में सप्लीमेंट एवं अन्य टेंप्लेट व्यवस्थित कर रहे हैं। इन्हीं में 23 वर्षीय सच्ची, मोटा और लंबा भी है। यह भी ब्रांडेड ट्रैक सूट पहना हुआ है। जो अखबारों को व्यवस्थित करने के बाद अन्य अखबार वालों के विपरीत अखबार को झोले में रखकर बाँटने निकल पड़ता है, जो असामान्य है क्योंकि हम सभी ने जो गांवों एवं छोटे शहरों से हैं। अभी तक अखबार वालों को साइकिल में अखबार बांटते देखा है। एक और बात सच्ची को सभी से असामान्य बनाती है। वह यह है कि सच्ची मध्यमवर्गीय परिवार से होते हुए भी खुद को आर्थिक आत्मनिर्भर बनाने के लिए यह कार्य करता है। वह शहर के सबसे प्रसिद्ध कॉलेज का विद्यार्थी है। सच्ची का निशाना भी अपने सहकर्मियों के जैसा अचूक है। रास्ते में वह कई घरों में अखबार फेंकते हुए चल रहा है।

गांव के उत्तरी भाग में बहार से आकर बसे हुए लोगों की एक छोटी सी बस्ती है। जो मुख्यतः गैर आदिवासी हैं। और मुख्यतः सरकारी सेवाओं में सेवारत है। इसी बस्ती में भूषण का घर जो अपने आकार एवं निर्माण शैली से उसके पिताजी का ओहदा एवं समृद्धि व्यक्त करता है। सामान्यता ऐसे घरों में दो गेट होते हैं। एक बड़ी मुख्य गेट जिससे कार आ जा सके एवं एक छोटी गेट जो कोने में जानवरों के लिए होता है। इसी गेट के अंदर भूषण गोहाल में गाय का दूध निकाल रहा है। सच्ची मेन गेट में अखबार डालने के बाद छोटे गेट की तरफ आता है। सच्ची को देखते ही भूषण के काम करने की गति बढ़ जाती है। भूषण सच्ची का हमउम्र है। अपने सभी दोस्तों में काफी समझदार एवं निर्णायक मत

देने वाला लड़का है। भूषण दूध निकालने के बाद दूध की बाल्टी, घर के अंदर रखने के लिए जाता है। इस दौरान सच्ची गाय को गोहाल से बाहर निकाल कर खूटे में बांध देता है। भूषण जल्दबाजी में लौटकर आता है। गाय के सामने दिन भर के लिए चारा रख कर दोनों गली से होते हुए मुख्य सड़क पर आते हैं।

मुख्य सड़क में इकबाल अपने ऑटो से जा रहा है। उसके ऑटो में कुछ सवारी भी है। वह सच्ची और भूषण को देखते हीं अपनी गति धीमी करता है। ऑटो से अपना सिर बाहर निकालकर इन दोनों से इशारों में कुछ पूछता है। भूषण भी इशारों में ही जवाब देता है। इकबाल के गुजर जाने के बाद भूषण और सच्ची एक दूसरे को आश्चर्य से देखते हैं। क्योंकि इन लोगों ने इकबाल से ऐसे मुलाकात की आशा नहीं की थी।

दोस्तों के इस समूह में इकबाल ही इकलौता लड़का है, जो ऑटो चलाता है। ऑटो चलाना, इसका रोज़गार और शौक दोनों है। बाकि सभी ग्रेजुएशन कर चुके हैं एवं किसी न किसी नौकरी की प्रतियोगिता परीक्षा की तैयारी कर रहे हैं। और जो कुछ नहीं कर रहे हैं, वह यूपीएससी एवं स्टेट पब्लिक सर्विस कमीशन की तैयारी कर रहे होते हैं। या करने का दंभ भरते हैं।

गंगा तिर्की उम्र 59, हाफ पैंट और जैकेट वाली वर्दी पहने बुलेट में कहीं जा रहे हैं। वह बुलेट चलाने का मजा ले रहे हैं। निकोलस अपनी कार चलाते हुए गंगा तिर्की को देखते ही अपनी गति बढ़ा देते हैं। अपने कार को बुलेट के एकदम पीछे ले जाकर जोर से हॉर्न बजाते हैं और झटके से ओवरटेक करते हैं। गंगा डगमगा जाते हैं। गंगा निकोलस को घूरते हैं, जो व्यंग्यात्मक ढंग से मुस्कुराता है। निकोलस बिना किसी कारण के हॉर्न बजाते हुए, आंखों से ओझल हो जाता है। गंगा तिर्की और निकोलस एक समय बहुत अच्छे दोस्त थे। पिछले कुछ वर्षों से इनके रिश्तो में कुछ खटास आ गई है।

सड़क पर जितने भी लोग चल रहे हैं, एक ही दिशा में जा रहे हैं। एक वृद्‌ध महिला (बुढ़िया) सड़क के किनारे खड़ी है। ऐसा लगता है कि वह पैदल चलते हुए थक चुकी है या फिर पैदल चलना नहीं चाहती हैं। उनके चेहरे में, निकोलस कुजूर की एम्बेसडर कार को अपनी ओर आते देख

ख़ुशी दिखती है। वह उसे रुकने का इशारा करती है। लेकिन मुस्कुराते हुए निकोलस धीमी गति से उसके पास से निकल जाता है जिससे पास रखी बुढ़िया की टोकरी गिर जाती है। वृद्ध महिला असंतुलित हो जाती है। और उसे गालियां देने लगती है। गंगा, जो ठीक पीछे है, बुढ़िया को देख कर अपनी बाइक रोक देता है। बुलेट को स्टैंड में लगता है। बुढ़िया को पहले बैठता है, फिर खुद भी उछल कर बुलेट में बैठ जाता है और दोनों आगे निकल जाते हैं।

चौक, यह आसपास के लगभग 50 से 100 गांव की सभी जरूरतों को पूरा करने में सक्षम है। चौक पर एक तरफ न्यू मार्केट, जिसमें सौ - डेढ़ सौ दुकानें होंगी। इसी चौक में सड़क के दोनों ओर लगभग 100 से ज्यादा दुकानें होंगी। डाकघर बैंक इत्यादि चौक में है। शहर जाने के लिए सभी साधन इसी चौक से मिलती है। पनेरी की दुकान चौक के लगभग केंद्र बिंदु में है। यह चाय की टापरी है या ऑटो गैराज है या पान दुकान या अगर मैं कहूं कि यह एक दुकान नहीं तीन दुकान है, तो कोई अतिशयोक्ति नहीं होगी। दुकानदार अपनी दुकान खोल रहा है। दुकान के सामने और नीचे जमीन पर कुछ टायर लटके हुए हैं। गैरेज में एक ऑटो खड़ी है जिसके सामने के शीशे पर ऊपर में इक़बाल लिखा हुआ है।

रुपुष दोस्तों के इस गैंग का सबसे बड़ा सदस्य है। इसकी उम्र 27 वर्ष के आसपास होगी। कभी इसके दोस्त इसके हम उम्र हुआ करते थे। लेकिन जैसे-जैसे उन दोस्तों की नौकरियां लगने लगी, वैसे -वैसे इसके दोस्तों का उम्र घटने लगा। हम इसे ऐसे भी कह सकते हैं कि हर 2 साल में, रुपुष एक नए दोस्तों के समूह में शामिल हो जाता है। जिसमें वही सबसे बड़ा सदस्य होता है। रुपुष हमेशा ट्रैक सूट पहने रहता है। इसके ट्रैकसूट में कोई ब्रांड नहीं दिखता है, जैसा की सच्ची के ट्रैक सूट में दिखता है। रुपुष फिटनेस के प्रति अपनी चेतना को हमेशा प्रदर्शित करते रहना चाहता है। पनेरी की दुकान दिखते ही रुक जाता है। वह दुकान के काउंटर में रखे एक ग्लास कंटेनर खोलकर बिस्किट का एक पैकेट निकालता है। दुकानदार रुपुष के हाथ को थप्पड़ मारकर, पैकेट को वापस रख देता है। रुपुष निराश हो जाता है। दुकानदार काउंटर पर लिखे “नो क्रेडिट”का बोर्ड दिखाते हुए कहता है - मुझे यकीन है, ई तो दिख बे

करता होगा? पहले पुराना उधार चुकाओ।

रुपुष को बुरा लगता है। उसका इस दुकान में करीब - करीब ₹1200 का उधार है। अगर उसके पास पैसे होते तो वह अभी उधार चुका देता। लेकिन नहीं है, इसलिए वह दूसरी जुगत लगाते हुए बोलता है - तुम ऐसे बोलोगे? जानते हो ना, हम क्या कर रहे हैं?

दुकानदार को जैसे पता था इस जवाव का। वो टौन्ट मरने के लहजे में - हाँ। ... कमीशन (UPSC and JPSC) । कमीशन के नाम पे, पूरा मार्किट में उधार कर लिए हो। कब से तैयारी कर रहे हो?

रुपुष रक्षात्मक रुख अपनाते हुए - अबे, मेंस के पहले तबीयते ख़राब हो गया, नहीं तो इसी बार हो जाता मेरा।

दुकानदार अब अपना काम रोक कर बोलता है - भूषण के एंगेजमेंट में फ्री का दारू, हियाँ तक (हाथ से गले तक का इशारा) पीयो, तो क्या होगा? कमीशन, नियम से मेहनत करने वाले पास करते है। बात और उधार ले कर कमीशन पास नहीं किया जाता। तुम क्या समझोगे?

इसी समय एक ऑटो आकर रूकती है। इकबाल ऑटो से बाहर निकलता है। इकबाल को देखते ही रुपुष खुश हो जाता है। इक़बाल यात्रियों से पैसे वसूलकर ऑटो की चाबी और कुछ पैसे दुकानदार को देकर कहता है - इंजन की भी चेक कर लीजियेगा ।

"लेकिन तुम इसे कल ही ले जा पाओगे। मेरा गैराज हेल्पर आज छुट्‌टी पर है"। दुकानदार उसे बताता है।

इक़बाल को आपना ऑटो लेने की कोई जल्दी नहीं है।क्योंकि उसके पास भी बनवाई देने के पैसे नहीं है। "जितने समय की जरुरत है ले लो चाचवा" कर रुपुष के साथ बात करते हुए, वहां से चले जाता है।

दुकानदार पैसे गिनने में व्यस्त हो जाता है।

2

पहली मिस्सा (मास)

पहली मिस्सा (मास)

चर्च (ब्रिटिश काल का बना हुआ एक पुराना चर्च है) के बाहर एक आदमी खड़े होकर तांबे की घंटी को लकड़ी की हथौड़ी से बजा रहा है। पास में ही निकोलस की कार खड़ी है। सुबह के 5:30 बज चुके बज चुके हैं। लोग चर्च के अंदर जा रहे हैं। बिनीत विल्सन और लेंघाइआ दरवाजे की तरफ जाते हुए आपस में कुछ बातें कर रहे हैं।

बिनीत (खुद को बड़बड़ाते हुए) - सभी धर्मों को, शासन द्वारा प्रतिबंधित किया जाना चाहिए।

लेंघाइआ - ओ अकल का कोहिनूर, पी. ए. (पब्लिक एड्रेसिंग) सिस्टम चाहिए कि नहीं?

बिनीत गुस्सा जाता है। तीनों अंदर जाते हैं। गंगा अपनी बाइक से चर्च की ओर आता है। वह बूढ़ी औरत को छोड़ देता है, जो उसे धन्यवाद देती है। गंगा चला जाता है। बूढ़ी औरत दूसरों के साथ चर्च के अंदर चली जाती है।

मेरी नजर में सभी चर्च के अंदर की बनावट और वस्तुएं एक ही जैसी यह चर्च भी सामान्य चर्च की तरह ही है। यहाँ प्रकाश थोड़ी सी कम है। सभी लोग अपने निश्चित जगहों में बैठ चुके हैं। पादरी (Father) अपने

सहायकों के साथ आते हैं। उनके सहायकों के हाथ में मोमबत्ती स्टैंड और क्रूस है। पादरी अपना प्रवचन माइक में शुरू माइक पर करते हैं। "यहोवा ही हमारा चरवाहा है। और हम सब उनकी भेड़ हैं। वो हमें कभी भी इस संसार की बुराइयों में खोने नहीं देंगे। वो हम सभी का मार्गदर्शन संकेतों के माध्यम से करते रहते हैं" ।

अचानक किसी का मोबाइल बजता है। सब लोग उसकी तरफ देखते हैं। पादरी भी परेशान हो जाते हैं। विल्सन आखरी कतार से चिल्लाता है - मिल गेलु संकेत।

सभी लोग थोड़ा हसँते हैं। बिनीत फोन काट देता है। पादरी चिढ़ते हुए फिर से बोलने की शुरुआत करना चाहते हैं। तुरंत, एक और मोबाइल बजता है। पादरी स्रोत की ओर मुड़ते है, जैसा बाकी सब करते हैं। यह एक बूढ़ा आदमी है। वह अपने फोन को ढूँढने के लिए संघर्ष कर रहा है, आखिरकार उसे ढूंढ कर बंद करता है। जैसे ही पादरी फिर से अपनी प्रार्थना शुरू करने वाले हैं, एक और मोबाइल का वाइब्रेशन सुनते हैं। यह उनका सहायक है, जो उनके पीछे खड़ा है। उसकी जेब में मोबाइल की लाइट ब्लिंक कर रही है। पादरी एकदम से क्रोधित हो जाते हैं। "विल यू प्लीज बी काइंड एनफ टू पुट आल योर मोबाइल स्वीट्च ऑफ। थोड़ा रेस्पेक्ट करो चर्च का। मोबाइल ज़रूरी है पर इतना भी नहीं कि उसे कुछ समय के लिए बंद किया न जा सके। ध्यान रहे मोबाइल का नेचर इंडिविज़ुअल होता है। ये मनुष्य को 'हम' से 'मैं' में बदल देता है। इससे सबको बचना चाहिए। यहोवा के संकेत को सिर्फ वही समझ सकता है, जो पवित्र रूप से यहोवा का अनुशरण करता है, अपने दिल में यहोवा को रख सबको प्यार करता है। यहोवा सच्चे और नेक लोगों के साथ हमेशा रहते हैं। मैं तुम लोगों को एक कहानी सुनाता हूँ"।

पादरी कहानी सुनाने लगते हैं। सभी लोग कहानी सुन रहे हैं। लेकिन पिछली कतार में लड़के अधीर हो कर आपस में बात करते हैं।

विल्सन - घंटा लगेगा स्टोरी खत्म होने में।

लेंघाइआ - चुप करो तुम लोग।

बिनीत - अभी नहीं आया होगा। आया भी होगा तो भूषण संभाल लेगा सबको।

चर्च के बाहर इक़बाल, भूषण, सच्ची एंड रुपुष अपने जॉगिंग ट्रैक सूट में इंतजार कर रहे हैं। सच्ची के हाथ में एक मोबाइल है।

रुपुष सच्ची को चिल्लाते हुए - फोन काहे किए उनको? एक घंटा लगता है, मिस्सा खत्म होने में। हम लोग घर जाकर आ सकते हैं।

इकबाल अपनी सहमति प्रकट करता है, जिससे सच्ची चिढ़ जाता है। फलस्वरूप उसकी स्वाभाविक प्रतिक्रिया बहुत ऊंची आवाज में आती है।

सच्चीने कहा नहीं, थोड़ा रुक कर फिर बोलने लगता है - यहीं रुकते हैं। मैं घर गया तो वापस नहीं आ पाऊँगा। बप्पा सबेरे से ही खेत में लगे हुए है। मैं घर गया तो मुझे भी, खेतो में काम पर लगा देंगे। एहि से आज मैं साइकिल भी नहीं लाया अखबार बांटने के लिए, ताकि साइकिल वापस रखने नहीं जाना पड़े।

रुपुष, सच्ची से भी ऊँची आवाज में जवाव देता है - तू अपने घर नहीं जा सकता है, तो हमरे घर चल।

सच्ची को रुपुष की कमजोरी का पता है। और वह इसका फायदा उठाता है। “चल भूषन रुपुष का घर चलते है। इक़बाल तू भी हमीं संग चल। फिर एक साथ ही आ जाएंगे” । सभी को कहता है।

रुपुष अकबका जाता है। उसकी अकबकाहट देख के भूषण बातचीत में कूद पड़ता है - बिहाने बिहाने केचहिं मत कर। एअसे कैसे चलेगा। पैसवा तो सबको चाहिए न? रुपुष, तेरा कितना ऊधारी है बे? और इक़बाल, तेरा ऑटो में कितना लगेगा? यहाँ रुकने से ही होगा.. ना। हमलोग धीरे धीरे बात करते हैं। विल्सन तेरा आवाज सुन के खुसर पुसर करेगा। और सब लोग उसके तरफ़ पलट के देखने लगेंगे......

चर्च के अंदर सब लोग पीछे पलट कर, विल्सन को देख रहे हैं, जो बिनीत से बात कर रहा है। लेंघाइआ झेप जाता है।

लेंघाइआ - चुप करा बे, सभे मन्न देखत हैं।

विल्सन और बिनीत चुप हो जाते है और आगे पादरी की ओर देखने लगते है।

पादरी ने कहानी खत्म की, लोग ताली बजाते हैं। तीनों दूर की सीटी की आवाज से अचानक सतर्क हो जाते हैं।

चर्च के बाहर इक़बाल फिर से सीटी बजाने वाला है, भूषण ने उसे तपली मारके रोकते हुए कहता है - सीटी मत बाजा साले, अन्दर सब प्रार्थना कर रहे है न। तुम्हारे नमाज़ के समये कोई सीटी बजाये तो क्या होगा?

इकबाल को अपनी गलती का एहसास होता है। वो पहले प्रणाम लिए हाथ जोड़ता है, फिर क्रॉस का निशान बनते हुए - सीधे दंगा हो जायेगा। अबे सॉरी-सॉरी भाई लोग सॉरी जीजस....

सभी अधीर हो रहे हैं। भूषण सच्ची को चर्च के अंदर झांक कर पता लगाने के लिए बोलता है। सच्ची चर्च के दरवाजे तक जाकर भीतर झांकता है। चर्च के अंदर लोगों को पता चल जाता है। सच्ची वहां से भाग कर वापस आता है और सभी को बताता है कि पादरी अभी गाना सेलेक्ट कर रहे हैं। भूषण अंदाज लगाकर बोलता है कि अभी और आधा घंटा लगेगा मिस्सा ख़तम होने में। लेकिन हम लोग यहां हैं, यह बताने के लिए अंदर सिग्नल भेजना पड़ेगा पर कैसे?

रुपुष जमीन पर टूटे दर्पण का एक टुकड़ा देखता है। वह इक़बाल को दर्पण दिखाने के लिए इशारा करता है। इक़बाल दर्पण को उठाता है, और सूर्य के प्रकाश को प्रतिबिंबित करने की कोशिश करता है।

सभी लोग चर्च के अंदर प्रतिबिंब देखते हैं। पादरी भी देखते हैं। फिर वह लेंगधैया को देखते हैं, जो उनकी की ओर निवेदन स्वरूप देख रहा है। पादरी ने सिर हिला दिया। पादरी कुछ सोच कर आहें भरते हैं, और भरोसा करते हैं। तुरंत, बिनीत और विल्सन अपने स्थानों से चले जाते हैं। इतने में धार्मिक गीत समाप्त होता है।

पादरी सभी लोगों के साथ प्रार्थना शुरू करते हैं।

"हे पिता हमारे, जो स्वर्ग में हैं, तेरा नाम पवित्र किया जावे, तेरा राज्य आवे, तेरी इच्छा जैसे स्वर्ग में है,"

स्पीकर से आवाज़ आना बंद हो गया। बिनीत और विल्सन पीए सिस्टम कनेक्शन निकाल रहे हैं। लोग अब पादरी को सुनने का प्रयास करते हैं। बिनीत और विल्सन पीए सिस्टम बॉक्स को हटाते हैं, जिससे भारी स्टैंड पीछे छूट जाता है। हर कोई उनकी तरफ देखता है। निकोलस उन्हें रोकने की कोशिश करता है। लेकिन, पादरी उसे नहीं रोकने के लिए

इशारा करते हैं। लेंघाइआ पादरी की ओर आता है और, माइक को ले लेता है। विल्सन, बिनीत और लेंघाइआ चर्च से बाहर जाते हैं।

पादरी के साथ सभी लोग प्रार्थना जारी रखते हैं।

"वैसे इस पृथ्वी पर भी हो। हमारा प्रतिदिन का आहार आज हमें दे और हमारे अपराध हमें क्षमा कर, जैसे हम भी अपने अपराधियों को क्षमा करते हैं, और हमें परीक्षा में न डाल, परन्तु बुराई से बचा। आमेन।"

बिनीत और विल्सन पि.ए. सिस्टम, मैदान में लाते है। भूषण समय देखता है। सुबह के 6:30 बज चुके हैं। इकबाल, सच्ची, रुपेश और भूषण सभी भागते हैं। इक़बाल और रुपुष बेंच ले के आते हैं। सच्ची और भूषण टेबल लेके आते हैं। पि.ए. सिस्टम का कनेक्शन किया जाता है। भूषण बिजली के खंभे पे चढ़ के कनेक्शन करता है। और स्पीकर ऑन हो जाता है।

लेंघाइआ धीमे आवाज़ में माइक चेक करता है। "हेलो माइक चेक... माइक चेक..." ले भूषन अनाउंस कर। और माइक भूषण को अनाउंसमेंट करने के लिए दे देता है। रुपुष उसको इसमें आपत्ति है - हर बार भूषन ही करेगा, सब कुछ भूषणवा ही करेगा। तो हम का बेगरिया में है? माइक देबे।

लेंघाइआ के हाथ से माइक छीनता है और अपना गला साफ करते हुए अनाउंसमेंट शुरू करता है - हाँ तो भाइयो और बहनो, आज हमसब, आज कल, नहीं नहीं, हम लोग, आज कल, हत लावा..., का हो रहा है..., हत लावा तुम ही कर....

ग्राउंड में ज्यादा लोग नहीं है। पर जितने भी लोग है, वो हंसने लगते है। रुपुष और चिढ़ जाता है। माइक भूषण को दे देता है। भूषण माइक लेते ही, एक गाना बजाने के लिए कहता है। ताकि लोगों का ध्यान आकर्षित हो। गाना बजाया जाता है। "कहां से मैं लाऊंगा छापा सारी तुम्हें अपना बनाने से पहले मेरी जान मुझे सोचना होगा" गाना शुरू होते ही इकबाल पि. ए. सिस्टम को बंद करता है। और अपने को जिम्मेदार दिखाते हुए भूषण को बोलता है कि "गिरजा अभी खत्म नहीं हुआ है। गाना मत बजाओ। रुक न थोड़ा। धर्म का तो रेस्पेक्ट कर"।

बिनीत व्यंग्यात्मक रूप से - सभी धर्मों को, शासन द्वारा प्रतिबंधित किया जाना चाहिए बोलता है। सभी उसको देखते है। इक़बाल उसके सिर पर हल्के से हाथ मरते हुए कहता है - चुप रहो, मार्क्सवा के बच्चे।

लड़के इंतजार कर रहे हैं। लोग अब चर्च से बाहर निकलना शुरू करते हैं। बूढ़ा आदमी जिसका मोबाइल चर्च में बजा था। बुदबुदाता हुआ बाहर आता है। इकबाल गाना बजाना शुरू करता है। भूषण अनाउंसमेंट शुरू करता है इकबाल गाने का वॉल्यूम अनाउंसमेंट के दौरान घटाता बढ़ाता रहता है। उसे इस काम में काफी मजा आ रहा है।

भूषण - भाइयो और बहनो। आज दिन रविवार, सरना ग्राउंड में डबल खस्सी फुटबॉल टूर्नामेंट का आयोजन होने जा रहा है। हाँ डबल खस्सी फुटबॉल टूर्नामेंट, जिसका एंट्री फीस 1001/ रुपीया है। जो भी भाई बंधू इस में भाग लेना चाहते है, आपना या टीम का नाम दे सकते है। पईसा, खेल शुरू होने से पहले तक जमा करना पड़ेगा। जी हाँ डबल खस्सी फुटबॉल टूर्नामेंट। जिन लोगो को भाग लेना है, वो अभी कॅप्टन का नाम दे सकते है। पैसा और प्लेयर का नाम 9 बजे से पहले देना होगा। एंट्री लेने का समय 9 बजे तक है। 10 बजे तक खेल शुरु होगा।

अनाउंसमेंट ख़त्म होने पर इक़बाल गाने के वॉल्यूम को बढ़ाता है। बूढ़ा आदमी मेज के पास बड़बड़ाते हुए आकर पूछता है "खस्सी फुटबॉल?" लेंघाइआ हाँ में सर हिलाता है। बूढ़ा आदमी उत्तेजित होकर मैदान के बाहर चला जाता है।

निकोलस अपनी कार में मैदान में प्रवेश करता है, मैदान का एक चक्कर लगा कर एक कोने में पार्क करता है। वह लड़कों के पास आ कर गुस्से से सभी को - तुम लोग मिस्सा खत्म होने तक नहीं रुक सकते थे क्या? (बिनीत को) तुम लोग को तो अपने धर्म का रेस्पेक्ट करना चाहिए। तुम लोग देखते हो न, ये लोग (इक़बाल को पॉइंट आउट करते हुए) अपने धर्म के लिए मर मिट सकते है। और तुम लोग मिस्सा के बीच में ही माइक निकाल के उड़ रहे हो। सभी लड़कों को निकोलस कि यह बात अच्छी नहीं लगती है। भूषण निकोलस को जवाब देता है। "नहीं चाचवा ऐसे बात नहीं है। धरम करम का तो सब लोग रेस्पेक्ट करते है। हम लोग भी तो बड़ा परब(xmas) में चर्च का पोचरा (वाइट वाश) करते

है क्या इक़बाल?"

इकबाल अभी सहमति में सर हिलाते हुए कुछ बोलना चाहता है कि उससे पहले विनीत अपना तकिया कलाम बोलना शुरू करता है। "चचवा, सभी धर्मों को...... लेंघाइआ उसे चुप कराने के लिए "नियम से सभी धर्म हमारे लिए बराबर है, तुम यही कहना चाह रहा है विनीत" बोलता है। विनीत समझ जाता है, और मुस्कुराने लगता है। “पादरी बुरा नहीं मानते हैं” सच्ची कहता है। और सभी से सहमति की आशा करने लगता है। इक़बाल बोलता है कि बच्चे तो भगवान का रुप होते हैं। इतना सुनते ही विल्सन मुस्कुराने लगता है। रुपुष उसको ताफली मारते हुए रोकता है। ताकि निकलस को बुरा ना लगे।

भूषण - अरे चुप रहो तुम सुब। कोई नै कोई नै। चाचवा एंट्री लेने आये है। कितना टीम?

निकोलस गुस्से में पूछते हैं - कई गो टीम हुआ अब तक? आज से ही एंट्री शुरू किया है, कि पहले भी टीम आ चूकी है। अरे कुछ प्रचार वरचार किये हो? कही पोस्टर लगाए हो? अभी तक तो हम देखे नहीं है, कहीं पर? और अपने पॉकेट से पैसे निकाल कर लड़कों की तरफ बढ़ाते हुए, कप्तान तो विनोद ही होगा। बाकी टीम के खिलाड़ियों का नाम विनोद देगा। अब टूर्नामनेट कैंसिल नहीं होगा। अगर तुमलोग टूर्नामनेट कैंसिल किया। तो भी दो खस्सी देना होगा। मंजूर....... और मुस्कुराने लगते हैं। सभी लड़के एक दूसरे को देखते है। इक़बाल और रुपुष सब से पहले “मंजुर है” बोल के पैसा ले लेते हैं ।

इसी समय निकोलस की नजर विक्टर पर पड़ती है। वो चर्च से निकल रहा है। निकोलस विक्टर को आवाज़ लगते हैं। विक्टर सुनता है। और अपनी साइकिल से धीरे-धीरे उसकी ओर आता है। राजा साइकिल के पीछे बैठा है। निकोलस उनकी तरफ चले जाते हैं।

सच्ची सभी को बताता है कि पोस्टर नहीं लगा है। जब सब लोग सच्ची को घूरते हुए इसका कारण जानना चाहते हैं। सच्ची कारण बताता है - हम क्या करे, इक़बाल जएबे नहीं किया मेरे साथ।

इक़बाल तुरंत अपनी सफाई पेश करता है - तुमलोग को नहीं पता है कि, मेरा ऑटो खराब है। बनाने दिए हैं। पइसवा तो उसी के लिए न

चाहिए, बे। आज भोरे तो पनेरी का ऑटो चलाये हैं। का रुपुष? रुपुष सहमति व्यक्त करता है

भूषण गुस्से में सभी को बोलने लगता है - जब किसी को पता ही नहीं तब क्या घंटा होगा टूर्नामेंट? "एक खुखड़ी से का उखाडी। "रुपुष और इकबाल को लक्ष्य करके, तुम्हें लोग सबसे पहले चिल्लाए मंजूर है और तुम लोग को पैसा भी बचाना है टूर्नामेंट से? लेंघाइआ सबको लड़ने से मना करता है और कहता है कि अभी भी टाइम है। सच्ची से पूछने पर पता चलता है कि पोस्टर उसके घर पर है। सब इकबाल को देखते हैं। इकबाल जवाब देता है - मेरी तरफ मत देखो, ऑटो बनने गया है। अब सब कोई भूषण की तरफ देखने लगते हैं। भूषण सबको बताता है कि उसके पिताजी स्कूटर नहीं देंगे। सच्ची बोलता है कि तुम्हारे पिताजी मुझे मना नहीं करेंगे, चलो न हम माँगा देते है।

एकदम से रुपुष की ऊंची आवाज आती है। स्कूटर मांगने की क्या जरूरत है। टापा दो... पहिला बार टापा रहे हो का? सब लोग एक साथ "टापा दो" चिल्लाते हैं। सच्ची और भूषण मैदान से स्कूटर लेने के लिए चले जाते हैं।

मैदान के प्रवेश द्वार के पास निकोलस की मुलाकात विक्टर और राजा से होती है। जैसे ही विक्टर साइकिल रोकता है। राजा नीचे उतर के विक्टर के पीछे छिप जाता है।

निकोलस पूछते हैं - कहाँ जा रहा है?

विक्टर उत्तर देता है - चाचवा के पास जा रहे है, रांची। बुलाये हैं, कोई काम होगा?

निकोलस कड़क आवाज में बोलते हैं - कोई रांची नहीं जा रहा। चलो तुम मैच खेल रहे हो। भेंगरा से मै बात कर लूँगा।

निकोलस की नजर राजा पर पड़ती जो कि अपना सिर छुपा रहा था। वो दो कदम राजा की तरफ बढ़ कर - तुम अभी मुण्डी छुपा रहा है। सीढ़ी मांगने समय तो सीधे घर में आते हो। तुम भी मैच खेलोगे। तुम लोगों को पॉकेट खर्चा तो मिलता नहीं है। एंट्री फी तो जमा...ही नहीं कर सकते हो। बप्पा तो एंट्री फीस देबे नहीं करेगा। एंट्री फ्री, मैंने दे दिया है। और तुम लोग बिनोद की टीम में खेल रहे हो। तेरा बाबा को हम बोल देंगे।

निकोलस को एक और लड़का दीखता है। जो इनसे काफी दूर है। निकोलस पहचानने की कोशिश करते हुए राजा से पूछते हैं - राजा, वो अनिक है न। आवाज़ तो दो जरा। राजा आवाज़ देता है, अनिक राजा की आवाज सुनकर मुड़ता है। और उनके पास आने लगता है।

भूषण और सच्ची भूषण के घर के पास आते हैं। भूषण चारदीवारी फंद कर स्कूटर के पास जाता है। सच्ची धीरे - धीरे गेट के पास पहुँचकर, धीरे से गेट खोलता है। ताकि कोई आवाज़ न हो। आज रविवार है और भूषण के सभी पारिवारिक सदस्य अपने - अपने कामों में व्यस्त होने के कारण घर के अंदर है। भूषण को इसका फायदा मिलता है। भूषण स्कूटर बिना स्टार्ट किये, बाहर निकाल लाता है।दोनों स्कूटर को धक्का देकर कुछ दूर ले जाते हैं। फिर स्कूटर को एक तरफ झुका कर स्टार्ट करते हैं, और दोनों को इस सवारी करते हुए कहीं चले जाते हैं।

भूषण और सच्ची, सच्ची के घर के करीब पहुंचते हैं। सच्ची अपने घर चला जाता है। छोटी, सच्ची की बहन जिसकी उम्र करीब 20 साल होगी, जो गेट पर झाड़ू लगा रही है, किसी को देखती है। भूषण गेट के बाहर अपने खड़े स्कूटर पर बैठे हैं। दोनों इशारों में एक-दूसरे से बातचीत करना शुरू करते हैं। सच्ची पोस्टर लेकर घर से बाहर आता है। तभी पीछे से उसके बाबूजी आवाज लगाते हैं। "सच्ची! कहाँ भाग रहा है, खेत कौन पटायेगा?"

सच्ची निराश हो जाता है। सच्ची छोटी को पोस्टर देकर अंदर चला जाता है। छोटी भूषण की ओर आने लगती है। तभी आकाश, सच्ची का पड़ोसी, 15 साल का एक छोटा लड़का, भूषण के पास आता है। आकाश को देखकर छोटी वापस मुड़ जाती है।

आकाश, छोटी को देख लेता है। वह भूषण के पास आकर, उससे व्यंग्यात्मक रूप से पूछता है - ससुराल जाने में डर लग रहा है क्या? "हां बोलेंगे तो अपने घर ले जाएगा?" भूषण बोलता है। आकाश हँस्ते हुए - आप तो बुरा मान गए मैं तो पूछ रहा था क्या हुआ?

भूषण उसे डब्बल खस्सी और उसके पोस्टर के बारे में बताता है। डब्बल खस्सी फुटबॉल टूर्नामेंट की बात सुनकर आकाश उत्तेजित होकर पूछने लगता है- कब है? कहां है? और जैसे ही उसे पता चलता है कि

टूर्नामेंट का आयोजन आज ही हो रहा है। वह उत्तेजना में अपने किसी दोस्त को फोन करने लगता है। छोटी जो दूर से ये सब देख रही है, भूषण को, आकाश को भगाने का इशारा करती है।

आकाश फ़ोन पर किसी को बता रहा है - हेलो विकाश, डब्बल खस्सी, आज, सरना ग्राऊंड। बाजा ले के आजा। और बात करते हुए जाने लगता है। उसकी उत्तेजना को देखकर भूषण उत्साहित होता है। छोटी भूषण के पास आने लगती है। तभी आकाश वापस आता है। छोटी वापस मुड़ के जाने लगती है। सच्ची बाहर आता है। छोटी के हाथ से पोस्टर लेता है। भूषण स्कूटर स्टार्ट करता है, सच्ची पोस्टर के साथ बैठता है। और दोनों पोस्टर लगाने चले जाते हैं।

दीवारों पर, एमसीसी (माओवादी कम्युनिस्ट सेंटर, अतिवादी समूह) पोस्टरों के ऊपर, गाँव के विभिन्न हिस्सों में, सच्ची और भूषण पोस्टर चिपकाते हैं। एक पंडित उम्र 30 डबल खस्सी का पोस्टर देख रहा है। वह उत्तेजित होकर जैसे ही जाने लगता है, वहाँ जमीन पर एक प्लास्टिक की बोतल देखता है। वह उसे लात मारता है। चलती हुई बोतल को किसी के पैर से रोका जाता है। यह मौलवी उम्र 32 है। उत्साहित पंडित मौलवी के पास आता है और उससे कुछ कहता है। मौलवी भी उत्तेजित हो जाते हैं और पोस्टर के पास जाते हैं और उसे पढ़ते हैं। दोनों हाय फाई करते हैं। सुबह 7.30 बजे हैं। उनके पास सभी पोस्टर लगाने के लिए बहुत कम समय है।

एक खुले स्थान पर, मौलवी और पंडित एक फुटबॉल के साथ खेल रहे हैं, जिसमें कम हवा है। थोड़ी देर बाद, मौलवी गेंद को उठाते हैं और पंडित के साथ कुछ चर्चा करते हैं। पंडित सिर हिलाता है। दोनों अलग-अलग रास्ते में चले जाते हैं। मौलवी गेंद को कसकर पकड़े हुए हैं। कुछ अन्य लोग पोस्टर को देख रहे हैं। और आपस में उनके बारे में बात कर रहे हैं।

सच्ची और भूषण ने चौक पान की दुकान के पास एक दीवार पर एक पोस्टर चिपका दिया। लोग पोस्टर देखते हैं। उनमें से एक बूढ़ा आदमी है, जिसे हमने चर्च में देखा था। वह अब शॉर्ट्स और जर्सी में हैं। वह उत्साहित है। वह पान की दुकान पर जाता है, और चाय का ऑर्डर देता

है। गैराज भी अब पूरी तरह से खुला हुआ है। मालिक एक पान बनाता है और गंगा तिर्की को देता है, जो उसे अपने मुंह में डाल लेता है। भूषण गंगा को देखता है और पान की दुकान की ओर जाता है। सच्ची एक और दीवार पर पुलिस और एमसीसी के पोस्टरों के ऊपर पोस्टर चिपकाता है। भूषण सिगरेट खरीदते हुए गंगा तिर्की को नमस्कार करता है। गंगा तिर्की मुस्कुराता हुए पोस्टर को मौखिक रूप से पढ़ता है।

"आज कल खेला! तुम लोग तो रे मोबाइल में ही फुटबॉल खेलता है। मैदान कौन आएगा? नहीं रे! नहीं चलेगा। आज कल का बच्चा लोग, तुम लोग दस मिनट भी मैदान में दौड़ सकता है? नहीं चलेगा रे! मत करो, टीमें मुश्किल से आएंगी। निकोलस भी आइयेगा। सब कुछ में घुसेगा। फिर लफड़ा करेगा। फ्लॉप हो जायेगा।"

भूषण उसे उत्साहित हो कर जवाब देता है - कोशिश करने में कोई बुराई नहीं है अंकल। सच्ची गंगा को देखता है। वह मुस्करा रहा है।

3

प्रविष्टियां

प्रविष्टियां

मैदान में बिनीत, विल्सन, लेंघाइआ, इक़बाल और रुपुष मेज के आसपास हैं। बिनीत अपने मोबाइल में लगा हुआ है। कुछ और लोग भी इकट्ठे हुए हैं। टेबल बढ़ गए हैं। पाँच - छः कुर्सियाँ इसके किनारे हैं। एक गीत बजाया और सुना जा रहा है। मैदान के बीच में छोटे बच्चे खेल रहे हैं। मैदान के एक कोने में निकोलस की टीम इकट्ठा हुई है। निकोलस उन्हें कुछ सिखा रहे हैं।

आकाश, विकाश और मकसूद (एवीएम) अपने वाद्य यंत्र के साथ पहुंचते हैं। वे इसकी ट्यूनिंग शुरू करते हैं। सच्ची की बहन छोटी, चाय और पापड़ ले के लड़कों के पास आती है । पापड़ को देखकर लड़के उत्साहित हो जाते हैं। जैसे ही वह अपना पैकेट खोलती है, वह लेंघाइआ को छेड़ती है। विल्सन सभी को पापड़ बांटता है। बिनीत अपना मोबाइल अपनी जेब में रखता है और एक पापड़ लेकर खाता है और इसका मज़ा लेकर कहता है "कानून के द्वारा ऐसे पापड़ को कंपल्सरी करना चाइये।"

हर कोई उसे अनदेखा करता है। रुपुष पैकेट से आपना हाथ डालके 3-4 पापड़ ले लेता है। विल्सन, रुपुष पर चिल्लाने लगता है। “क्या कर रहा है? अभी बहुत लोग हैं” । रुपुष को कोई फर्क नहीं पड़ता है। छोटी को

एक मौका मिल गया है। मौका मिलते ही सभी को ज्ञान देने लगती है - तुम लोग लड़ाई मत करो। (रुपुष को) क्या भाई, कम से कम खेल से तो बराबरी सीखो।

रुपुष भी कहाँ ज्ञान लेने वालों में से था। वह छोटी से बहस करने लगता है।

रुपुष - क्या मतलब?

छोटी - खेल में सबको बराबर का मौका मिलता है। ना किसी को कम, ना किसी को ज़्यदा। क्योंकि सब एक ही नियम से बंधे होते हैं।

रुपुष - तो तुम भी बराबर काम करो, हमलोग के साथ।

छोटी - ये काम (चाय केतली हिला के) भी तो किसी को करना है ना। सब अपने हिसाब से कंट्रीब्यूट कर रहे हैं ना।

रुपुष - चाय... बराबरी करना है तो पोस्टर लगा दे गांव में।

रुपुष छोटी को देखने लगता है। उसके अंदाजे के विरुद्ध छोटी उसका चैलेंज स्वीकार कर लेती है। सभी लड़के तालियां बजाने को बजाने लगते हैं। रुपुष को कोई फर्क नहीं पड़ता है। भूषण और सच्ची का आना, रुपुष के लिए फायदेमंद हो जाता है, क्योंकि सबका ध्यान इस बहस से हट चुका है। भूषण स्कूटर को स्टैंड में लगा रहा होता है। छोटी भूषण को देखकर सरमाने लगती है। भूषण भी मुस्कुराता है। भूषण और सच्ची लड़कों के पास आते हैं।

लेंघाइआ - पापड़ लो सच्ची। छोटी, भूषण को भी चाय दो।

छोटी ब्लश करते हुए भूषण की ओर आती है। छोटी भूषण को चाय देती है। अचानक छोटी को कुछ बदबू आती है। वो अधिकार से भूषण से पूछती है। आप सिगरेट पिए हैं? भूषण स्वीकार करें इससे पहले विल्सन आह भरके "ओह रे प्यार। भाई की चिंता नहीं है? वो भी तो पिया है।" बोलता है।

आकाश, विकाश, मक्शुद (AVM) पहली बार किसी को हुट करने के लिए ट्रम्पेट और नगाड़ा बजाते हैं। छोटी सब को आँख दिखती है। फिर भूषण के और करीब आ जाती है, इतनी करीब की उनकी सांसे टकराने लगती है। लेंघाइआ इस जोड़े को बहुत पसंद करता है। वह सब को उन्हें छेड़ने से मना करता है और भूषण को बोलता है, छोटी को घर छोड़ने के

लिए। विल्सन को एक मौका मिल रहा है स्कूटर चलाने के लिए। वह इस मौके को व्यर्थ में नहीं जाने देना चाहता है।

विल्सन, भूषण को - चाभी दे न बे मै छोटी को छोड़ के आता हूँ। तुम मैदान में रहो। यहाँ तुम्हारी ज़्यदा जरूरत है।

लेकिन रुपुष तो कुछ और चाहता है। वह अपनी समझदारी दिखाने के लिए विल्सन को बोलता है - चलाने का बहाना चाहिए... हैं... उतना दूर जाने का जरूरत है? भूषन जा न आपने घर ही ले के जा... छोटी के सामने तुमको बप्पा थोड़िये झपड़ायेगा... स्कूटर भी मिल जाएगा और छोटी कुछ खाना भी बना देगी। तेरी माँ का भी आज आसानी हो जायेगा... और हम लोग का... (खाने का इशारा करता है)

इकबाल इस सुझाव के सहमति में चुटकी बजाते हुए- इसको कहते है आईडिया। जा भूषन खाना ले के आ।

भूषण और छोटी दोनों को जैसे मिलन का एक अवसर मिल गया। भूषण सहमत हैं। भूषण स्कूटर स्टार्ट करता है। छोटी पीछे बैठती है और दोनों दूर चले जाते हैं।

बूढ़ा जो अब शॉर्ट्स और जर्सी में, मेज के पास आता है। और चारों ओर देखता है। लड़के उसे देखते हैं, और मुस्कुराते हैं। लेंघाइआ उन्हें देखते ही - चचा, फुल फॉर्म में हैं?

बूढा आदमी पूरी उत्साह के साथ जवाब देता है - हैं, हाँ आखिर यह डबल खस्सी है...। विराम, चारों ओर देखने के बाद, मुझे लगता है कि अभी भी समय है ...

रुपुष "बहुत ज्यादा" । बोलते हुए उन्हें कुर्सी देता है। लड़कों को दूर से एक बाइक की आवाज सुनाई देती है। वे स्रोत को देखते हैं। एक बाइक उनकी ओर आ रही है।

इक़बाल - कौन है वह?

लेंघाइआ - लगता है यह बिनोद और उसका दोस्त नोयल है।

बिनोद, नोयल (25) के साथ बाइक चला रहा है। वे टेबल के पास आते हैं और बाइक पार्क करते हैं। बिनोद लड़कों के पास आ कर - बप्पा एंट्री मारलू का?

रुपुष - टीम सिलेक्शन चालू है बे, देख देख। तोरे इंतज़ार हो। जा टीम बना।

और उस ओर इशारा करता है।

जहां निकोलस कुछ लड़कों को फुटबॉल की बारीकियां सिखा रहे हैं।

बिनोद - नोयलवा के भी एंट्री लेवे के हौ।

नोयल - अभी एंट्री कर लेवा, प्लेयर्स कर नाम देते है थोड़े देर में।दूसरी मिस्सा खत्म होने के बाद।

बिनोद निकोलस के पास और नोयल अपनी टीम का इंतज़ाम करने चले जाता है,

भूषण के घर के रास्ते में एक पहाड़ी नदी पड़ती है। जिसका विकराल रूप अक्सर बारिश में देखने को मिलता है। पिछले कुछ दिनों से बारिश नहीं हुई है, इसलिए इस नदी में पानी कम और रेत ज्यादा है। छोटी पानी में पैर डाले हुए बैठी हुई है, उसके हाथों में भूषण का हाथ है। डब्बल खस्सी फुटबॉल टूर्नामेंट को लेकर छोटी की मन में कुछ आशंकाएं चल रही है वह बोलती है - निकोलस मैदान में दिखे। गंगा भी आएंगे ही। तुम्हें दोनों पर विशेष ध्यान रखना होगा। नहीं तो, आज का डब्बल खस्सी फ्लॉप हो जायेगा।

भूषण - दोनों कभी भी डब्बल खस्सी के लिए समस्या नहीं हैं। एक को डब्बल खस्सी बेटे से जितवाना चाहता है तो दूसरी ओर गंगा की इच्छा है डब्बल खस्सी का होना।

छोटी - पिछले बार गंगा पैसे लेकर भागे और निकोलस पुलिस बुलाये...

भूषण छोटी की बात को काटते हुए - तुमको भी नहीं पता है। शायद इक़बाल भी नहीं जनता है, उसके पिताजी की दुर्घटना की कहानी। जब मेरे पिताजी ने एक बार गंगा चाचवा से पूछे थे तो उसने बताया था कि इक़बाल के पिताजी फाइनल मैच में पहुंचने की जल्दबाजी में बहुत तेजी से आ रहे थे।

इधर गंगा तिर्की मैदान में प्रवेश करता है और अपनी बुलेट पार्किंग क्षेत्र में पार्क करते हैं। उस पर बैठ के पूरे मैदान का मुआयना करते है।

सब लोग टेबल के पास बैठे हैं। बिनीत, इक़बाल, विल्सन रुपुष और लेंघाइआ थोड़ा तनावग्रस्त (हल्का टेंस) हैं। इक़बाल अपनी कंघी निकालता है और अपने बालों को कंघी करता है। फिर वह दूसरों को कंघी देता है, जो कंघी करते हैं। बिनीत अपने मोबाइल में लगा हुआ है। इक़बाल अपना पेंट शर्ट खोलता है। वो सैंडो बनियान और हाफ पेंट (जर्सी) में आ जाता है । वह टेबल के नीचे से एक फुटबॉल लेता है।

इक़बाल - मौसम बना के आते है।

इक़बाल मैदान में चला जाता है, ड्रिबलिंग और अपने अन्य फुटबॉल कौशल प्रदर्शन करने लगता है। मैदान पर अब भीड़ जमा हो जाती है। बिनोद और उनकी टीम भी मैदान में आ जाती है। तो नोयल और उनकी टीम भी आ गई है। मोटरसाइकिलों की पंक्तियाँ मैदान के एक छोर पर खड़ी हैं। गंगा तिर्की अपनी बाइक पर बैठे हैं और सब कुछ देख रहे हैं। बिनोद और नॉयल की टीम ने मैदान पर अपना अभ्यास शुरू कर देते है।

12 से 15 साल के कुछ बच्चे साइकिल से मैदान की तरफ आ रहे हैं। साइकिल के कैरियर में कॉपी किताब से पता चलता है कि यह बच्चे सुबह के ट्यूशन पढ़ कर आ रहे हैं। इससे यह भी पता चलता है कि 9:00 बज चुके हैं। वे मैदान पर हो रहे फुटबॉल अभ्यास को देखते हैं। वे आपस में बात करते हैं। मैदान की ओर जाते हैं और अपनी साइकिल पार्क करते हैं।

टेबल के पास एक बोर्ड पर एक पोस्टर चिपकाया हुआ है, जिसमें सभी जानकारी है। बच्चे बोर्ड पढ़ कर अपनी कोई खास योजना बनाने लगते हैं।

बॉय 1 - क्या बोलते हो दोस्तों

बॉय 2 - घर मैं क्या बोलेंगे? पूरा दिन का बहाना मरना पड़ेगा। और घर भी जाकर आना होगा।

बॉय 3 - वार्षिक रिविजन का बहाना बनाया, तो पूरा दिन....

बॉय 1 - नहीं नहीं, फिर बप्पा कॉपी चेक किया तो, लात मिलेगा। पिछली बार धरा गए थे।

बॉय 4 - विज्ञानं पर्दर्शनी? साइकिल भी मिलेगा और पैसा भी। क्या बोलते हो दोस्तों?

बॉय 1 - 'पर अभी तो चंदा करो। बाकी पैसा विज्ञानं पर्दर्शनी के नाम में तो आ रहा है।

वे आपस में पैसा इकट्ठा करते हैं और रुपुष की ओर जाते हैं। बिनीत जो अपने मोबाइल पर है, उन्हें देखते ही अपना मोबाइल स्विच ऑफ कर लेता है। वह एक कॉपी खोलता है। लेंघाइआ उसे पेन देता है।

बॉय 1 रुपुष के पास आकर - अभी 750 रुपये दिए। और मैच के समय बाकी पैसा दिए तो, चलेगा?

रुपुष किसी भी तरह से पैसे लेना चाहता है।

रुपुष - कहां है पैसा? क्या नाम है टीम का? कप्तान कौन है? 10 बजे से टूर्नामेंट शुरू है।बॉय 1के हाथो से पैसे लेते हुए, पहला मैच तुम लोगों का भी हो सकता है। 10 बजे तक बाकी पैसा नहीं दिए, तो ये भी हजम हो जाएगा।

लड़के एक-दूसरे को देखते हैं। बिनीत कॉपी पे नाम लिख लेता है। लेंघाइआ देख रहा है।

दादेल उम्र 25 वर्ष अपनी कंपाउंड वॉल पर डबल खस्सी फुटबॉल टूर्नामेंट का पोस्टर देख रहा है। यही कंपाउंड वॉल निकोलस के घर का भी है। एक आदमी जो चना बेच रहा है वह भी पोस्टर को देखने के लिए आता है। चना विक्रेता उत्तेजित हो जाता है और मैदान की तरफ रुख़ करता है। दादेल अपना मोबाइल निकाल कर एक नंबर डायल करता है।

एक लड़का (लड़का 6) जो टूशन गैंग का सदस्य है, रुपुष से बात करते हुए टेबल के पास आता है। वह लगातार अपना सिर हिला रहा है। फोन काटने के बाद रुपुष को - 10 बजे तक भी एंट्री ले सकते है ना? दादेल, अपना टीम लेके 10 बजे तक आएगा, उसी समय एंट्री फीस देगा।

रुपुष मुस्कुराते हां कहता है।

गंगा तिर्की टेबल के पास आते हैं। रजिस्टर देखते हैं। पौने चार टीम की एंट्री है। गंगा निराश हो कर वापस अपने बुलेट में बैठ जाते हैं। बूढ़ा अनाड़ी आदमी जो हर समय बैठा रहता है, पहले निराश गंगा को देखता है। और रुपुष को देखते हुए - समय है न अभी?

रुपुष - बहुत बहुत, चाचा।

रुपुष चला जाता है। बूढ़ा आदमी अपनी जेब से बोतल निकालता है। टेबल के नीचे चुप कर एक घूंट पी लेता है। ढक्कन बंद कर बोतल को जेब में रखता है और सामान्य दिखने की कोशिश करता है।

चर्च से पादरी दो विशाल स्पीकर स्टैंड लेकर बाहर निकलते है। बिनीत और इक़बाल उसे देखते ही उनकी ओर दौड़ता है। पादरी इकबाल को स्टैंड देते हुए - तुमने ये क्यों नहीं लिए? "आप हमें बुला लेते तो हम आ जाते" । इकबाल स्टैंड लेते हुए जवाब देता है। पादरी चर्च के अंदर चला जाते हैं। बिनीत और इकबाल स्टैंड लाते हैं और उन्हें स्पीकर जो जमीन पर है, के पास रखते हैं। रूपुष और लंघैया स्टैंड देखते हैं। रूपुष खुश नहीं है क्योंकि उन्हें अब इन दोनों स्टैंडों का भी ध्यान रखना पड़ेगा। वह गुस्से में - हमें इनकी आवश्यकता क्यों है? "इन्हें रहने दो, पादरी ने हमें प्यार से दिया" । लंघैया ने कहा। और सभी स्टैंड को पीछे छोड़कर टेबल के पास बैठ जाते हैं। सभी टेंशन में हैं।

भूषण स्कूटर से आता है। साथ में रोटी सब्ज़ी लाया है। रोटियों को लड़के जल्दी-जल्दी आपस में बांटते हैं। बूढ़ा अनाड़ी आदमी एक बाईट लेता है। रुपुष दो - तीन रोटी ले लेता है। (रोटी फ्रैंकी टाइप्स) ।

विल्सन, सबको सुनाने के लिए कमेंट्स करता है "खेल भावना"।

रुपुष बिना किसी प्रतिकिर्या के - भूख के आगे कोई भावना नहीं।

भूषण टॉपिक चेंज करने के लिए - अरे छोड़... कितना पैसा जमा हुआ?

रुपुष - 3,750 रुपया।

भूषण - ऐसे किसे बे? पौने चार टीम।

रुपुष - ब्लाक वाला लड़का लोग, 750 दिया, 10 बजे तक बाकी देगा।

भूषण - मतलब की 3750 और डबल खस्सी।

रुपुष - दादेल भी टीम के साथ आ रहा है, 10 बजे तक। अबे चल 5000 हो जायेगा, मगर डबल खस्सी तो नहीं आएगा। अभी भी टाइम है, बंद करें क्या?

भूषण - "मंजूर है" सबसे पहले तो तुम, और इक़बाल ही चिल्लाये थे न। बंद करते है? डबल खस्सी कहाँ से दोगे? निकोलस चाचवा किचाइन कर देगा...

रुपुष गुस्सा जाता है। ये देख कर,

लेंघाइआ - अभी भी बहुत समय है, अब तो साला टोला का बात आ गया। सब कोई को मना लेंगे, लेकिन बिनोद के बप्पा का क्या करोगे? क्यों भूषन क्या करोगे?

रुपुष - भूषण क्या करेगा? हम करते हैं कुछ। स्पोंसर लाते हैं। पहले डबल खस्सी में, सहेली टेलर अपना होर्डिंग लगाता था न। रुक उससे बात करते है। राबिया है न? टेंट भी मंगाएँगे और पैसा भी लेते है उससे। उसका नाम लगाएँगे न। अड़ अड़...

रुपुष फ़ोन में उससे बात करते हुए वहां से चला जाता है।

इक़बाल - देखा न इसको कहते है दिमाग। एकदम डी.सी. साहब जैसा। एक दिन तो जरूर डी.सी. बनेगा। देख लेना तुम सब।

लेंघाइआ - अबे डी.सी. बनेगा बहुत बढ़िया होगा। पर ये भी निकोलस के जैसा मै - मई मेमियांने लगेगा। देख लेना तुम लोग।

रुपुष ऐसे आता है जैसे कोई युद्ध जीत के आ रहा हो।

रुपुष - राबिया सेट हो गया है। कनात देगा। पैसबो देगा। और सहेली से भी बात हुआ है। 500 चंदा देगा बोला है। बिनीत और विल्सन को भेज न लेने।

बिनीत मोबाइल में लगा हुआ है। इक़बाल, बिनीत को तपली मरता है। बिनीत चिल्लाने लगता है क्योंकि उसका गेम गड़बड़ा गया। इक़बाल और बिनीत में लडाई हो जाता है। एक दूसरे का कॉलर पकड़ लेता है।

लेंघाइआ - भाई पादरी की तो बात मानो। मोबाइल इतना जरुरी है? हमलोग में रहो। मैं[आई] मत हो जाओ।

विनीत मोबाइल पॉकेट में रखता है।

रुपुष - बिनीत जा सहेली से 500 ले के आ चंदा। और राबिया से कनात लेते आना। पैसा भी देगा...

बिनीत चला जाता है।

भूषण - देखो! अगर हम लोग दोपहर में हाउजी खेला ले, तो उसे भी 2000-2500 निकल सकते है।

रुपुष - 2000-2500, अबे मान के चल 3500। 5-6 साल से डबल खस्सी नहीं हुआ है। सब हाउजी भी जम के खेलेगा। विल्सन हाउजी

टिकट है न बे तेरे पास। कितना है?

विल्सन - 2000-2500 टिकट होगा।

भूषण - इ हुआ न बात! तो विल्सन जा के ले आ, हाउजी का मसाला। भन्न से!

लेंघाइआ - फिर तो नागा को भी बताना पड़ेगा. नागा बिना हाउजी। उतो बंशी धैर के भोरे भोरे निकल गया होगा...

भूषण - फिशिंग के लिए न, विल्सन को तो पता होगा ही। बुला लिया जायेगा।

विल्सन - कौंन नदी गया है? कौन जानता है? हम कहां खोजेंगे?

हम हाउजी लेते आते है बाकी तुमलोग जानो।

भूषण - अबे विल्सन, नागा तो चाहिए हाउजी हिट करने के लिए...

ये तो तुम भी जानते हो....

इक़बाल - अबे जानता है न। छोड़ दे... हम बोलते है कि नागा न डबल खस्सी और हाउजी के लिए आ जाएगा अपने आप। देख लेना बुलाने की जरुरत नहीं पड़ेगा। चल विल्सन "हड्डी" यानि हाउजी लेके आते है कुत्ता सूंघते हुए आ ही जायेगा।

इक़बाल कुत्ते के जैसे सूंधते हुए विल्सन के साथ चला जाता है।

निकोलस गंगा को घूरते हुए पार करने के बाद, टेबल के पास आता है,

गंगा को देखते हुए निकोलस ने भूषण से पूछते हैं - अभी तक कितना एंट्री हुआ है। टोला का सबसे बड़ा प्लेयर का कोई टीम एंट्री लिया कि नहीं।

भूषण सवाल समझता हैं लेकिन निकोलस से ठीक-ठीक जानने के लिए पूछता हैं - मतलब?

निकोलस पान खाने का और चुना चाटने का इशारा करते हुए - लगता है बिनोद एकतरफा डबल खस्सी जीतेगा।

निकोलस का पान और चूना खाने का इशारा, सबको यह बता देता है कि निकोलस, गंगा के लिए बात कर रहा है। फिर होना क्या था? गंगा अपनी बुलेट से उठ कर भूषण की ओर आता है। भूषण और लेंघाइआ उठते हैं। निकोलस एक कदम पीछे हट जाता है। सभी किसी अनिष्ट

के लिए तैयार होने लगते हैं। जब गंगा निकोलस के पास पहुँचता है, तो एक और टीम - पूरे झटके में, जूते और हाथ में गेंद लिए हुए आती है। गंगा रुकता है और उनकी तरफ देखता है। टीम का लीडर रुपुष को पैसा देता है। भूषण एक एंट्री करता है। लेन-देन होने देने के लिए गंगा भी एक कदम पीछे हट जाता है। निकोलस अपनी कार से गंगा की बाइक को लगभग खरोंचता हुआ चला जाता है।

ब्लॉक की टीम (टयूशन से आने वाले बच्चे)आ गई है। दादेल की टीम भी आ गई है। बाइक और साइकिल बड़े करीने से मैदान के किनारे खड़ी हैं। लोग पोस्टर को देख रहे हैं। बच्चे मैदान की ओर चलते हैं। पाहन (40) बाहर सड़क , से होकर गुजर रहे हैं। वह रुक कर भीड़ को देखने के लिए कुछ देर रुकते हैं फिर चलने लगते हैं। मैदान भर गया। विल्सन भी हाउजी का सामान चमकाते हुए लाता है। बिनीत 'कनात' को ले कर वापस आते ही व्यंगात्मक रूप से रुपुष को - सहेली पैसा नहीं दिया। बैनर दे के बोला "रुपुष के पास 500 उधार है। अगर बैनर लगाएगा तो उससे ले लेना। "

रुपुष हड़बड़ा जाता है।

4

नए नियम

नए नियम

लड़के मेज के चारों ओर इकट्ठा हो जाते हैं। समय "09:45 AM"। विनीत पैसे लेकर आता है। पैसे को दो बार गिना जाता है। वातावरण में तनाव उत्पन्न हो जाता है। रुपुष इसे कम करने की कोशिश करता है।

रुपुष - बॉस अभी भी मौका है। कैंसिल करते है। 5 टीम यानि 5000 + हाउजीका 3500 । राबिया एक पैसा नहीं दिया। यानि 8500 हुआ है। इतने में क्या नहाओगे क्या निचोड़ोगे।

सभी एक दूसरे को देखते हैं ।

लेंघाइआ - कैंसिल तो नहीं कर सकते है। निकोलस को भूल जाओ,

हम दुनिया को अपना चेहरा कैसे दिखाएंगे?

इक़बाल - काहे भूल जाए बे। निकोलस सबका घर जा जाकर हम लोगों को डबल खस्सी बना देगा।

विल्सन रुपुष को चिढ़ाने की मंशा से " तो शुरुआत में ही मना किये थे। "मंजूर है", कहता है।

रुपुष गुस्सा के लगभग चिल्लाते हुए - का बे एक ही बातवा को उछाल रहे हो । साला सब कोई बोला था मंजूर है। पैसा देख के सब लेना चाह रहा था ।

अभी सब नारियाल मेरे माथा में फोड़ना है क्या?

लड़ाई मत करो। अभी भी टाइम है। मगर टैंशन तो होगा ही न। लेंघाइआ ये बोल के स्थिति को शांत करने की कोशिश करता है। लेकिन भूषण के दिमाग में कुछ है।

भूषण - एक आईडिया है। 8500 को 17000 करने का।

सब कोई पूछते है। क्या?

भूषण - 20-20 वाला आईडिया लगाते है। हमलोग टीम को आधा कर देते हैं। 6-6 प्लेयर का टीम। पैसा थोड़ा कम कर देते हैं '900' ।

इक़बाल - हम समझ गए तेरा आईडिया।

विल्सन भी हर को यह दिखाने की कोशिश करते हुए कि वह भी बुद्धिमान है और हावभाव को समझने में सक्षम है। कहता है - हम्म्... मैं भी...

इक़बाल - ये 6-6 प्लेयर वाला स्कीम लागू कैसे करोगे?

भूषण - बिनोद्वा को चाबी देना होगा। चाभी देने से उसका बप्पा नाचेगा।

सब कोई मुस्कुराते है।

भूषण, इक़बाल, रुपुष और सच्ची बिनोद के साथ बात करते हैं। बिनीत अपने मोबाइल पर है। बिनोद निकोलस से बात करता है। बिनोद, भूषण, इक़बाल, रुपुष और सच्ची के साथ बात करता है। थोड़ी देर बाद चारों मुस्कुराते हुए चले गए। अपने मोबाइल में गोल दागते ही बिनीत बाहर निकल गया। वह फिर अपने मोबाइल से दूर देखता है और अपनी आँखें पोंछता है।

बूढ़ा अनाड़ी आदमी अपनी कुर्सी पर अलग बैठा सो रहा है। बिनीत और भूषण माइक सेट कर रहे हैं। लेंघाइआ ब्लैकबोर्ड पर लिख रहा है। रुपुष, इक़बाल और विल्सन एक नई शीट लेते हैं और गणना के साथ उस पर कुछ लिखना शुरू करते हैं।

भूषण माइक पर - हेलो.... हेलो... सब लोग इधर धयान दे। थोड़ा सा परिवर्तन है। कुछ नियम बदले गए है।

मैदान के बीच में नॉयल और उनकी टीम अभ्यास कर रही है। जैसे ही वह घोषणा सुनता है, वे रुक जाते हैं। बिनोद आता है और अपनी टीम

की ओर जाने लगता है। जब नोयल पूछता है - ए बिनोद, भूषणवा का बोल रहा है?

बिनोद - कुछ नै बे... अब तुम्हारा दो टीम खेलेगा। एंट्री फीस कम किया है।

ठीके है न बे दोनों टीम का कप्तान भी तो बनेगा तुम।

नोयल हस्ते हुए जैसे उसे सब कुछ समझ में आ गया है - साले तुम भी तो दोनों टीम का कप्तान है।

बिनोद को कुछ हंगामे की आशंका है वो नोयल को - छोड़ न बे मस्ती कर, का दिकत है, थोड़ा पइसवे न जादा लगेगा। बाप्पा दे देगा! दादेल को चिल्लाने दो।

मेज के चारों ओर भीड़ जमा है। दादेल और उनकी टीम और ब्लॉक टीम आयोजकों के साथ बहस कर रही है।

बॉय 1 - काहे बे ऐसा कहे गेजा कर रहे हो। हमलोगो को नहीं खेलना है। रुपस तुम हम लोगों का पैसा वापस कर दो। तुम लोग सब गेजंटेटा हो।

बिनीत जानता है, इनको कैसे काबू करना है।

बिनीत - तुम लोग तो अभी पूरा पैसा भी नहीं दिया है। कितना बजा है (घड़ी दिखता है)। बोलै थे न 10 बजे तक बाकी पैसा नहीं दिए तो ये पैसा भी ढापा जायेगा।

ये युक्ति काम नहीं करता है। ये देख

रुपुष - 10 तो बज गया है। अब क्या करोगे। फुटबॉल खेलना है तो पैसा तो जमा करना ही पड़ेगा। नहीं खेलना है तो कोई बात नहीं।

बॉय 1 - कैसे पैसा नहीं घुराओगे। पैसा तो घूरना होगा। नहीं तो खेल ही नहीं होने देंगे... देखते है यह टूर्नामेंट कैसे होता है।

सभी बॉयज एक साथ चिल्लाते हैं। “नहीं होगा, नहीं होगा” ।

सब बच्चा लोग भी एक साथ चिल्लाने लगता है। अपनी बुलेट बाइक पर बैठे गंगा तिर्की, ये सब माजरा देख रहे हैं. अचानक वह कुछ तय कर उठ जाते हैं।

गंगा - कौन चर्बीया गया है बे? कौन नहीं खेला होने देगा...

सब शांत हो जाते है। निकोलस कुजूर वही है। दोनों एक दूसरे को घूर रहे है, निकोलस इस मौके को इनकैस करना चाहता है।

बोय्1 - कोई नहीं चर्बीआय है, चाचवा, बात पैसा का है, पहले तो बात 1001 का ही था। अब उतने प्लेयर खेलेगा तो 1800 देना होगा।

इस समय तक निकोलस भी लड़कों की ओर आता है, और बहस में शामिल हो जाता है।

निकोलस - अरे खेल-कूद गरीब लोगो के लिए नहीं होता है। मैं बहुत चैरेटी करता हूं। खेलो तुम लोग। टेंशन मत लो तुम लोग का मै एंट्री फी दे दूंगा। खेला होना चाहिए।

दादेल - हूत, लावा (बीप) तुम लोग क कर रहे हो, पहले ही बोल देता कि छे छे प्लेयर का टीम होगा।हम अपना सब दोस्त लोग को फ़ोन कर कर के बुलाए है।सब साला गरिआयेगा हमको। डबल खस्सी होगा तो 11 प्लेयर का टीम, नै तो डबल खस्सी नहीं होगा।

रुपुष, बिनीत और भूषण, परेशान हो रहा है, और मदद के लिए, इक़बाल, लेंघाइआ और विल्सन और सच्ची को ढूंढ रहा है, और ये चारों को इस से कोई मतलब नहीं है, इन लोग थोड़ी ही दूरी पर आपस में बात कर रहे है।

थोड़ी दूर एकांत में इक़बाल, लेंघाइआ, विल्सन और सच्ची एक साथ कुछ योजना बना रहे हैं।

इक़बाल - 6-6 खिलाड़ी, लोग तो हैं ही विनीतवा भी खेल लेगा। हम लोग एक टीम बन के एंट्री मार लेते है। मिलन क्लब ।

हर कोई अचंभे में पड़ जाता है, लेकिन फिर मुस्कुराता है।

सच्ची - अगर हम जीत जाते हैं तो, खस्सी भाडे में भी ला सकते हैं, प्राइज सेरेमनी के बाद वापस।

लेंघाइआ - जीतना थोड़ा मुश्किल है। दादेलवा कौन कौन को बुलाय है अपना टीम में। हम लोग नहीं जानते है ना।

विल्सन - अबे, फाइनल मे पहुंचने के लिए के लिय थोडा नाउ- छौ। एक दो प्लेयर को इधर उधर से बोरो कर लेंगे।

बोरो प्लेयर का नाम आते ही सब के चेहरे में चमक आ जाती है।

इक़बाल - बोरो प्लेयर?

लड़के एक दूसरे को देखते हैं। अब उनमें नयी ऊर्जा आ चुकी है।

दूसरी ओर दादेल तमाशा कर रहा है। निकोलस दादेल से बात करते है। भूषण के हाथ में रखा माइक ऑन है, तो सारी बातें स्पीकर में धीरे धीरे सुनाई दे रहा है।

निकोलस - बाप मरा अँधेरे में, बेटा पावर हाउस रे। तेरे बाप को हम बचपन से समझा रहे है। अपने लक्छन से देखो, कहाँ है? भाई है न मेरा। मैं भी चाहता हूँ उसकी और तुम्हारी तरक्की। तुम भी उसके जैसा मत बनो। क्या मैच नहीं होने देगा? तेरा बाप भी मेरे सामने खड़ा नहीं होता है और तुम मेरे सामने बोल रहा है, कि डबल खस्सी नहीं होने देगा। बिनोद तेरे भाई है न। वो जीतेगा तो तुमको पेट में दर्द होगा क्या? वैसे भी खेल कूद गरीब लोगो के चीज़ नहीं है। एंट्री फीस का प्रॉब्लम है हमको बोलो, हम दे देंगे। हम कितना चैरेटी करते है। लेकिन टीम में कप्तान बिनोद होगा।

लोग मैदान में उनकी बात सुन रहे हैं। दादेल को निकोलास की बात अच्छी नहीं लगती।

दादेल - बात पैसे का नहीं है, अगर दो टीम होगा तो एक टीम मैं तो 6 प्लयेर हो गया। लेकिन दूसरे टीम मैं तो 5 ही प्लेयर है। तरङ्ग -तुरङ्ग

विल्सन दौड़ते हुए चिल्लाता है। "अबे एक दो बोरो खेला लेना न बे"।

दादेल विल्सन को देखता है। इक़बाल, लेंघाइआ और सच्ची विल्सन के पास आ गए। भूषण और रुपुष उनकी तरफ देखते हैं। निकोलस भी उन्हें देखता है। उन्हें गंगा तिर्की की ताली सुनाई देती है। गंगा तिर्की आगे आता है। हर कोई गंगा को देखता है।

गंगा - बहुत अच्छा विचार। इससे तो बिनोद के हर टीम में सिर्फ बोरो प्लेयर ही होंगे। जो अच्छा खेलेगा बिनोद उसको टीम में रख लेगा। डब्बल खस्सी उसको ऐसे ही दे दो। खेला का जरुरत है?

भूषण (दादेल को) - खेल में एक ही नियम दोनों पक्षों के लिए होता है। इसीलिए यहाँ पक्ष होता है विपक्ष नहीं। जो बढ़िया खेलेगा वो जीतेगा। खेला सबको बराबरी का मौका देता है। चाहे तुम हो या ये। (नकोलस की तरफ इशारा करते हुये) तुम तो बढ़िया खिलाड़ी हो। खुद पर भरोसा करो।

भूषण गंगा को देखता है, जो उसे कुछ इशारा करता है। भूषण ने सिर हिलाया और माइक से हाथ हटाते हुए एक घोषणा की। दादेल गंगा को देखता है और थोड़ा शिथिल हो जाता है।

भूषण (माइक पर) - राज़ी ख़ुशी से तय हूआ। 6-6 प्लेयर का टीम होगा। हर टीम में दो दो प्लेयर बोरो खिला सकते हो। 15 मिनिट के अंदर एंट्री फीस जमा करना होगा। एंट्री फीस हम लोग 100 कम कर दिए है। जल्दी जल्दी तुहीं मने पैसा जमाकर।

गंगा (दादेल को) - तुम लोग आपस में चंदा करो। मजा के लिए खेलो।

खेलने के लिए रईस होने का जरुरत नहीं है। (निकोलस को लछ्य कर के) गरीब हमेशा मज़े के लिए खेलता है। क्यों भूषण?

सब लोग हँस पड़े। निकोलस चिढ़ जाता है। एवीएम - आकाश, विकास और मकसूद निकोलस को चिढ़ाते हुए अपनी सिग्नेचर धुन बजाते हैं। निकोलस चिढ़ जाता है। एवीएम सिग्नेचर धुन का टेंपो बढ़ाते हैं। बूढ़ा अनाड़ी आदमी सो रहा है। बूढ़ा धुन से जागता है।

बूढा आदमी - शुरू हो गया है?

विकास - बस शुरू होने वाला है, अंकल ।

एवीएम अपना संगीत बजाते हैं। बूढ़ा आदमी अपनी कुर्सी लेकर आगे बढ़ता है।

5

रेफरी का इंतजाम

रेफरी का इंतजाम

मैदान में अब भीड़ है। समय "10.30AM"। दादेल अपने दोस्तों से पैसा इकट्ठा करता है। फिर से लड़का 1 को अपनी टीम से पैसा इकट्ठा करते हुए देखते हैं, । वे इसे रुपुष को दे देते हैं। बिनोद और नोयल भी रुपुष को अपना पैसा देते हैं। भूषण को इक़बाल एक पेपर देता है। वह घोषणा करने के लिए माइक लेता है और "एंट्री लेने का टाइम खत्म हो गया, और अभी आधा घंटा में मैच सुरु होगा, एंट्री लेने वाले टीमों का नाम है - RVC CLUB 1, RVC CLUB 2, ROCKET xi 1, ROCKET xi 2, BLOCK CLUB, BODAYA CLUB, DADEL 1, DADEL 2, GANDHI NAGAR 1, GANDHI NAGAR 2 और...

भूषण नाम पढ़ते चौंक जाता है, और वो अपने बाकी साथियों की तरफ देखता है, बाकी साथी उसे पढ़ने का इशारा करते हैं।

भूषण - और आखिरी टीम है मिलन क्लब।लीग मैच 15-15 मिनट का होगा। सेमीफइनल आधा-आधा घंटे का और फाइनल एक घंटे का होगा। एक टीम गंजी पहन के खेलगी, और दूसरा टीम, गंजी खोल के। बूट जूते का डिसिजन, कितना कोई के पास है, देखते हुए लिया जाएगा। कौन टीम गंजी पहनेगी, टॉस से निर्णय होगा।मैच 11 बजे से शुरू होगा।

पौने 11 को हम लोग मैच का खाखा बतायेगे। सभी टीमों से आग्रह है कि आप लोग मैच का तैयारी कीजिये। डिट्टो 11 बजे मैच शुरू होगा। सब मैच के रेफरी और लाइनमैन......

बोलते बोलते भूषन रुक जाता है, फिर अपने दोस्तों के तरफ देखकर। माइक पर हाथ रख के बोलता है। क्योंकि उसे पता चलता है कि रैफरी और लाइनमैन का इंतजाम नहीं हो पाया है।

भूषण - क्या होगा, बे लेंघाइआ? रेफरी और लाइनमैन का...

लेंघाइआ - अबे माइक तो बंद कर...

भूषण (माइक में) - रुकावत के लिये खेद हैं ।

भूषण माइक को बंद कर देता है और दूसरों के पास जाता है। गंगा आता है।

भूषण - मेरा नाम लिस्ट में क्यों है?

सच्ची - एरिक के साथ हमारी बात हुई है, वह आ रहा है।

इक़बाल भूषण को - अबे सुरवात तो तू कर। दूसरा मैच में देखते हैं।

भूषण - चल थोड़ी देर रेफ़रीगिरी तो हम कर देंगे, लाइनमैन कौन बनेगा?

सच्ची - मार्क्स के वे मल्लू पुत्र - जोकर और रज्जी लाइनमैन होंगे।।

इक़बाल - हमको मत बोलना ऑटो से उनको ले के आओ, पता है न ऑटो खराब है?

रुपुष - अरे भाई भूषन बाबू का स्कूटर है, और हमारे पायलट साब (विल्सन की ओर इशारा करते हुए) भी इधर ही है। मैच का खाखा बनते तक लेके आ जायेंगे।

भूषण - नहीं नहीं... विल्सन साला ठोक देता है गाडी, हम उसको नहीं देंगे।

विल्सन - हरदम कहाँ ठोकते हैं? पियल बाद न ठोंकते हैं बे...

लेंघाइआ - देख भूषण, मैच का खाखा भी तो तुम्ही को बनाना है ना बे, तो विल्सन को जाने दे ना, और जाने के लिए कौन है?

इक़बाल - साला तीन जन को कैसे लायेगा बे स्कूटर में?

बिनीत - ठीक है तो हम भी जाते है।

सच्ची (इशारा करते हुए) - अबे एक स्कूटर से तीन लोगो को लाना है, दो लोगो को जाना नहीं है।

सब लोग हँस पड़े। एवीएम - आकाश, विकास और मकसूद प्रवेश करते हैं, वे वाद्य यंत्र बजाने वाले होते हैं। लेकिन आकाश सबको रोकता है।

आकाश - अरे बिनीत्तवा को बोलना... मोबाइल से मैसेज करेगा, रिप्लाई में एरिकवा आ जायेगा।

बिनीत गुस्सा जाता है और आकाश को दूर धकेल देता है।

बिनीत - अबे गंगा चाचवा का बुलेट ले के जायेंगे बे।

जैसे ही गंगा सुनता है वह टेबल पर रखी अपनी बुलेट की चाबी उठा लेता है। सभी इसे देखते हैं।

बिनीत - चाभिया दिजिये न?? हम लोग लेके आते है। या फिर खेल शुरू नहीं होगा।

गंगा - तेरा नजर हमेशा मेरे बुलेट में रहता है। चाभी तो हम देइये रहे है, पर मेरा एक बात मानो। तुम लोग जानते हो न कि पिछली डबल खस्सी के दौरान एक बड़ी समस्या हुई थी। ऐसी स्थिति से बचने के लिए, तुम लोग आषीश वचन के साथ मैच शुरू करना। किसी को बुला लो उद्धघाटन के लिए। हम बुलेट से पान निकाल के चाभी देते है रे विल्सन...

गंगा पान निकलने के लिए चले जाते हैं।

रुपुष - चचवा ठिक कहत हैं, पाहन के बुलाय लेब ।

विल्सन - साला माइक लाया गिरजा से और शुरू करवाएगा पाहन से। पादरी को बुलते हैं ।

बिनीत - हम हम पदरी को बुलते हैं। वाइसे भी सभी धर्मों को, शासन द्वारा प्रतिबंधित किया जाना चाहिए।

रुपुष, बिनीत को बोलता है - "चुप रहो!" सभी को "सरना ग्राउंड में पादरी को बुलाओगे। सरना झंडा लहराने लगेगा। फिर हो गया डबल खस्सी हैं...बता रहे हैं... चुप चाप पाहन को बुलाओ" ।

इक़बाल - तुम लोग तो मंदिर मस्जिद जैसा झगड़ा करने लग गए बे।

"गिरजा-गिरजा सरना-सरना"

लेंघाइआ - पादरी या पाहन, हमें तो सुरुआत के लिया आशीष वचन ही चाहिए।

रुपुष - पाहन, पाहन ही चाहिए, सरना है न बे।

इक़बाल - पाहन एहि कहीं हैं, थोड़ी देर पहले नजर आए थे, बुला लेते हैं।

विल्सन चिल्लाता है "पादरी को"।

गंगा वापस आ जाता है। भूषण ने विल्सन को रुकने का इशारा किया।

गंगा चाभी देते हुए "अकबकैते मत जाना, नहीं तो छितरा जाओगे तुम लोग!

तनी देरे सही। इत्मिनान से आओ"।

बिनीत और विल्सन चले जाते हैं। गंगा, भूषण के तरफ मुड़ता है।

गंगा - अरे हर टीम का बाटा तो हो गया है। तो एक को A में रखो, और एक को B में रखा, A वाला का आपस में मैच करवाओ। और B वाला का आपस में मैच करवाओ। नहीं तो A वाले लोग का B वाले लोग से मैच करवा दो।देख लेवा। तुम लोग कैसे सोचे थे।

भूषण बोलने की कोशिश करता है, लेकिन गंगा उसे रोकता है। क्योंकि निकोलस उन्हें देख रहा है। वह भूषण के तरफ मुड़ता है।

गंगा - तुहिन आपन से कर, हम एतहिन बैठल हेयके।

गंगा वापस जा कर दूसरे की बाइक पर बैठ जाता है। निकोलस उसे देखता है।

भूषण, लेंघाइआ, इक़बाल, रुपुष और सच्ची मेज के चारों ओर बैठे हैं। सच्ची अलग-अलग कागज के टुकड़े (चिट) में टीमों के नाम लिख रहा है। भूषण ने उन सभी को इकट्ठा किया और लँधैया की ओर रुख किया।

भूषण - चाचा का दूसरा आईडिया अच्छा लगा।

इक़बाल - सही है भाई,

रुपुष - अबे क्या सही है? हमको कुछ समझ नहीं आया?

भूषण - सुन इधर, आरबीसी की दो टीमें है ऐसे ही दादेल, नोयल, बोरया, गांधी नगर। ऐसे इनकी संख्या 10 हो गई । अब सबका एक टीम

ग्रुप A में रख दो, और दूसरा टीम ग्रुप B में रख दो। अब ग्रुप A का ग्रुप B से मैच करवा दो, सब आपस मैं लड़के मारा जाएगा। इक़बाल जिधर जाना चाहता है उसे उस ग्रुप में घुसेड़ देंगे।

सब मुश्कुराते है और रुपुष को समझ में आया है तो हसता है। लेकिन पीछे खड़ा निकोलस सब कुछ सुन के आग बबूला हो जाता है।

निकोलस - अपने टीम को जिताने के लिए तुम लोग गेजा (बेईमानी) शुरू कर दिए। मैं कोई गेजा (बेईमानी) होने नहीं दूंगा। लीग मैच कराओ राउंड रोबिन।

गंगा सावधान हो जाता है।

भूषण - अंकल हम चाहते हैं डबल खस्सी हो। हम गेजा क्यों करेंगे?

लेंघाइआ फुसफुसाते हुए - अरे हम लोग गेजा करेंगे तब बोलियेगा न। पहिलेही से चिचियाने लगते हैं...

निकोलस - तुम लोग अगर गेजा नहीं कर रहे हो, तो राउंड रॉबिन कराओ।

राउंड रॉबिन (लीग) ।

गंगा ये सब देख कर।

गंगा भूषण को - पगला गये हो का? अरे 11 टीम है, राउंड रॉबिन (लीग) में 100 मैच होगा ना, 10-10 मिनट भी खेला तो 1000 मिनट, चार दिन का खेल है क्या बे? नॉक आउट कराओ या तुम लोग जैसा सोचे हो वैसा ही करो। कर लेगा न बे तुम लोग?

बच्चा लोग हाँ मैं इशारा करते है, गंगा तिर्की निकोलस को देखकर ज़ोर से हंसता है। निकोलस चिढ़ते हुए वह से निकलना चाहता है तभी आकाश, विकास मक़सूद उसे टकराता है। आकाश के पास ट्रम्पेट है, विकास के पास नगाडा है, और मक़सूद चिल्ला चिल्ला के निकोलस को चिढ़ा रहा है। निकोलस उन्हें दूर करता है, और अपनी कार में बैठ के मैदान से बाहर चला जाता है। और मैदान के बाहर एक तरफ पार्क करता है।

अलग-अलग जगहों पर अलग-अलग लोग पोस्टर को देख रहे हैं। लोग मैदान में आ रहे हैं। पाहन सड़क पर विपरीत दिशा से आ रहा है। वह रुककर मैदान को देखता है। थोड़ी देर बाद वह चलने लगता है। इक़बाल

के बुलाए जाने पर पलटते हैं। वो आपस में बात करते हैं। पाहन सिर हिलाते हैं, मानो सहमत हैं। थोड़ी देर बाद इक़बाल और पाहन मैदान में प्रवेश करते हैं। पाहन टेबल के पास बैठने के लिए जगह बनाते हैं। उनके बगल में उत्साहित अनाड़ी बूढ़ा है। पाहन उसे देखकर मुस्कुराता है।

पाहन - सुरु हुआ क्या

बूढा आदमी - अभी शुरु होगा...

दोनों भीड़ को देखते हैं। लोग मैदान में आ रहे हैं हैं। चना वाला अपने सामान के साथ बेचने के लिए आता है। और सोनपापड़ी वाला, आदि आदि।

6

पहला राउंड

पहला राउंड

11 बजते ही गोल पोस्ट पर नेट लग गया है। बोरया की टीम मैदान के एक छोर पर अभ्यास कर रही है। दूसरे छोर पर पानवाला है। उससे थोड़ी दूर पर मुर्गों की लड़ाई का इंतजाम किया जा रहा है। सड़क के तरफ, चना वाला, पानी पुरी वाला, आदि हैं। लोग अपनी खुली दुकानों के लिए शेड लगाते हैं। पार्किंग स्थल पर साइकिलें खड़ी हैं। निकोलस अपनी कार में उदास बैठे हैं। कार के पास 3-4 स्टील की कुर्सियां हैं। कुर्सियों के अलावा एक आइस बॉक्स में पानी की बोतलें हैं। कार के पीछे निकोलस की टीम RVC 1 फुल फैंसी जर्सी में वार्मअप कर रही है।

मेज के पीछे एक 'कनात' लगी है। कुर्सियां अब बढ़ गई हैं। एक बुजुर्ग को बैठने के लिए जगह बनाया गया है, उसकी उम्र के अन्य लोग पहले से ही बैठे हैं। पाहन भी मेज के पास बैठा है, बूढ़े आदमी के साथ बातचीत कर रहा है, वह एक फुटबॉलर की किक की नकल कर रहा है। जैसे ही भूषण माइक की तरफ आता है, उसके शुरू करने से पहले ही नागा आ जाता है। माइक को भूषण से छीनते हुए ब्लैक बोर्ड देखता है और पूछता है।

नागा - हाउजी होतौ न बे? केतना के हौ टिकट? 5 रुप्या न?

भूषण इक़बाल को देखता है और मुस्कुराता है। इक़बाल एक सूँघने वाले कुत्ते की नकल करता है और मुस्कुराता है। वह बाकी को देखकर इशारे से पूछता है, ₹5 काफी है? सभी सहमत हैं। भूषण देखने लगता है। नागा मुस्कुराते हुए माइक पर बोलना शुरू करता है।

नागा - मैं नागा सरना ग्राउंड पर आप सभी का स्वागत करते है, डबल खस्सी टूनामेंट का पहले मैच RVC1 और बोरया के बीच होने जा रहा है। दोनों टीमों के कप्तानों से विनती है, अपने अपने टीम को लेकर मैदान में प्रवेश करे। और आप दर्शकों से भी विनती है, की हाउजी का टिकट खरीद ले, जिसका मूल्य है सिर्फ पांच रुपया... पाँच रुपया... पांच रुपया। सिंगल लाइन, कार्नर बॉक्स और फुल हाउस, तीन प्राइज है, 100 रुपया, 100 रुपया और 300 रुपया।

मैदान में उत्साह से खलबली मचती है। RVC1 और BODAYA टीम बीच मैदान में आ चुकी है। नागा की आवाज हमें सुनाई दे रही है।"बूट जूता वालो का संख्या कम होने के कारण इस मैच में बूट जूता की अनुमति नहीं है। अभी टॉस से ये डिसाइड होगा की कौन टीम जर्सी पहनेगी। मैं रेफ्री से आग्रह करता हूँ कि मैदान मैं आ जाये। सिक्का उछालने का वक़्त आ गया है"। दोनों टीमें उत्साह में दिख रही है। बहुत दिनों के बाद डबल खस्सी फुटबॉल टूर्नामेंट हो रहा है इसलिए दर्शकों में भी काफी काफी उत्साह है। एकाएक नागा की आवाज आनी बंद हो जाती है।

नागा चारों तरफ देखता है। वह माइक बंद करता है, भूषण की ओर मुड़ता है।

नागा - अबे, एरिक कहाँ है?

भूषण असहाय होकर चारों ओर देखता है। इक़बाल भी सब तरफ देखता है। नागा माइक स्विच ऑन करता है।

नागा - हमें अभी रुकना पड़ेगा। हमारे आदरणीय, पादरी महोदय अभी आने वाले हैं।

इक़बाल, भूषण को इशारा करता है कि वह चीजों को संभालने जा रहा है। वह मंच से चला जाता है। लंघैया भी मंच से जाता है। जैसे ही नागा हाउसी के बारे में बोलना शुरू करते हैं। इक़बाल बाहर चला जाता है। भीड़

इंतजार कर रही है। मेज के चारों ओर बुजुर्ग इंतजार कर रहे हैं। इक़बाल चर्च के अंदर जाता है।

लेंघाइआ मैदान के प्रवेश द्वार के पास आता है और अधीरता से इंतजार करता है। एक गेंद जिसमें कम हवा होती है, उसके पैरों पर लगती है। वह उस दिशा की ओर देखता है जहाँ से गेंद आई है। मौलवी आ रहे हैं।

मौलवी -यह मेरा है...

लेंघाइआ मुस्कुराते हुए "हां, पूरा गांव जानता है मौलवी जी" ।

वह गेंद मौलवी की तरफ मारता है, जो उसके साथ खेलने लगते हैं।

मौलवी - अगर पंडित जी आते हैं, तो उन्हें बताएं। मैं टेबल के पास बैठा हूं।

लेंघाइआ सिर हिलाता है। मौलवी जाने लगते हैं, लेंघाइआ उसे रोक लेता है।

लेंघाइआ - मौलवी साब, आप ने एरिक और वो दो मल्लु लड़को को आते देखा?

मौलवी कंधे उचकाते हुए "मैं मार्क्स-पुत्रों के दैनिक कार्यक्रम मेन्टेन नहीं करता हूँ" ।

वह हाथ में गेंद लेकर चला जाता है। लेंघाइआ सड़क की ओर देखता हैं, और अधीर हो जाता है।

बिनीत और विल्सन रेफरी एरिक (25), लाइंनमैन जोकर (25) और रज्जी (25) के साथ आते हैं और लेंघाइआ को हाय करते हैं। वे लोग बाइक जल्दबाजी में पार्क करते हैं। बिनीत और विल्सन, एरिक, जोकर और रज्जी को तेजी से मैदान में ले जाते हैं। लेंघाइआ दूसरी तरफ निकल जाता है। लेंघाइआ टेबल पर जाता है और भूषण के कान में फुसफुसाता है।

लेंघाइआ - एरिक, जोकर और रज्जी आए हैं।

नागा अभी भी माइक पर हाउजी के बारे में बात कर रहा है। भूषण मौलवी को एक कुर्सी पर (जो कि बूढ़ा आदमी और पाहन के बगल में है) बैठाने के लिए जगह बनाता है। मौलवी अपनी गेंद को टेबल पर रखते हैं। वह नीचे गिरता है। भूषण इसे उठाता है और हवा चेक करता है, हवा

कम है।

भूषण - यदि आप कहें, तो हम इसे भर सकते हैं।

मौलवी - कोई आवश्यकता नहीं।

वह गेंद लेता है और उसे कसकर पकड़ लेता है।

उधर थोड़ी देर बाद चर्च का दरवाजा खुलता है और इक़बाल पादरी को लगभग खींचते हुए मैदान में लाता है ।

इक़बाल पादरी को उस मेज के पास लाता है, जहां पर पाहन और मौलवी हैं। सभी लोग ताली बजाते हैं। पादरी के आते ही पाहन, मौलवी और बूढा आदमी खड़े हो जाते हैं। बूढा आदमी अपनी उपस्तिथि दर्ज करने के लिए " सही समय! यह किसी भी क्षण शुरू हो जाएगा"। इक़बाल उसे अनदेखा करता है और पाहन और पादरी को आगे ले जाता है।

नागा शुरू हो जाता है - और ये आ गये पादरी जी... हम पाहन और पादरी का स्वागत करते है। और उनका आशीर्वाद पाते हुए मैच शुरू करने की अनुमति लेते है।

पादरी जो बैठने वाले ही होते हैं खड़े हो जाते है नागा उनको माइक देता है।

पादरी - जब प्यारे इक़बाल ने मुझे यहां बुलाया तो मैं चिंतित हो गया, चर्च से लाया PA सिस्टम अच्छी तरह से काम कर रहा है या नहीं। (वह स्पीकर और अप्रयुक्त स्टैंड को खड़ा देखते हैं।) लेकिन यीशु का धन्यवाद, यह अच्छी तरह से काम कर रहा है। उसका पद चिन्ह हमेशा हमारे साथ रहता है (औपचारिक हो जाता है) परम पिता परमेश्वर की असीम कृपा से ये आयोजन सफल हो ऐसी हमारी प्रार्थना है।

मैदान में बिनीत, जोकर और रज़ी के साथ है, वह पादरी और पाहन को सुन रहा है।

"सभी धर्मों को, शासन द्वारा प्रतिबंधित किया जाना चाहिए"।बिनीत खुद को कहता है पर सभी सुन लेते है। जोकर अधीरता से मलयालम उच्चारण - सभी का मतलब है सभी ... मैं सहमत हूं। रज़ी को जैसे मौका मिल जाता है। वो मलयालम एक्सेंट में लाल सलाम जोर से चिल्लाता है। पर बीच मैदान में उसे कोई समर्थन नहीं मिलता है।

अब आशीष वचन देने की बारी पाहन की है।

पाहन - इस भव्य अवसर पर मैं अपने पूर्वजों के आत्माओं से प्रार्थना करता हूं। हमारा मार्गदर्शन करें ताकि यह टूर्नामेंट सफलतापूर्वक आयोजित किया जा सके।

बिनीत, जोकर और रज्जी को उनकी जगह लेने में मदद करता है । विल्सन एरिक को मैदान के बीच में ले जाता है। उसे अच्छी तरह से निर्देश देने के बाद, विल्सन मैदान से बाहर चला गया। एरिक एक सिक्का निकलता है। नागा माइक पर रनिंग कमेंट्री दे रहा है।और ये सिक्का उछाला, बोडया क्लब टॉस जीत गयी है। अब RVC 1को अपना जारसी खोल के खेलना पड़ेगा। पर लगता है, RVC 1 इसके लिए तैयार नहीं हैं। मैदान के बीच में हंगामा होने लगता है। भूषन मैदान में दौड़ता है। निकोलस भी मैदान में आ जाता है।

मेज के आसपास के बुजुर्ग उठते हैं, पाहन, पादरी, मौलवी और बूढ़े आदमी उठते हैं। भीड़ में से कुछ लोग मैदान में प्रवेश करते हैं। पादरी, मौलवी और पाहन भी कुछ बुजुर्गों के साथ शामिल होते हैं। बूढ़ा आदमी रुकाता है और अपनी पैंट के पॉकेट से अपनी बोतल निकालता है, यह सुनिश्चित करता है कि किसी ने उसे नहीं देखा है।फिर एक घूट मर कर मैदान में चला जाता है। मैदान के बीच, RVC 1 खेलने से इनकार कर रहा है। जोकर और रज्जी भी हैं। समस्या यह है कि कौन सी टीम अपनी शर्ट निकाल देगी। निकोलस, बोडया क्लब के लीडर से बात करते हैं।

निकोलस - अरे तुम लोग टॉस जीत गया तो क्या हुआ, तुम लोगो के पास तो एक कलर का गंजि भी नहीं है। सो तुम लोग ही गंजि खोलो।

पर मैदान में कोई कहाँ मानने था। बोडया क्लब ने तो टॉस भी जीता है। पाहन और पादरी मैदान के बीच में आते हैं। जो लोग मैदान में नहीं आ सकते हैं। उनके लिए नागा का रनिंग कमेंट्री है "ये लीजिये, पाहन और पादरी भी मैदान में आ गए है, पाहन और पादरी को हम सबका जोहर। और दूसरे कार्नर से गंगा भी पहुंच रहे है"। गंगा के मैदान में पहुँचते ही एरिक जोर से चिल्लाता है। " नियम अनुसार, RVC 1 को जर्सी खोल के खेलना होगा"।निकोलस कुछ बोलने चाहता है लेकिन उससे पहले ही पाहन, निकोलस को सुझाव या कहें चेतावनी के लहजे में "ऐ बड़का! छऊवा मन के खेल में मत घुस, उन को अपन मन के करे दे।

खेला नियम से ही होगा।"

निकोलस को गुस्सा आता है, आकाश, विकास और मक़सूद वह पर आकर पाहन और निकोलस के बीच में अपने सिग्नेचर धुन के साथ खड़े हो गए है। गंगा तिर्की निकोलस को घूरे जा रहा है।

पादरी - रेफरी की बात मानिये। आपलोग अपने खेल में ध्यान दीजिए।

गंगा - "विक्टर जर्सी खोल न बे। और तुहिन सब भी खोला"।गंगा RVC 1 के बाकि खिलाड़ियों को

जैसे ही विक्टर जर्सी खोलना शुरू करता है। AVM - आकाश, विकास और मक़सूद अपना संगीत बजाना शुरू कर देते हैं। निकोलस उन्हें इशारों से नहीं के लिए कहते हैं। राजा और टीम के बाकी सदस्य भी अपनी जर्सी उतार देते हैं। अंत में, बिनोद को भी अपनी शर्ट उतारनी पड़ी। पाहन, पादरी, निकोलस और गंगा मैदान से बाहर निकलते हैं। आकाश, विकास और मक़सूद भी उनके साथ साथ गाते बजाते हुए बहार आने लगते है, ये लोग निकोलस के पीछे पीछे चिड़ाते जाते है। निकोलस बहुत चिढ़ा रहा है।

मंच (स्टेज) के मेज के नीचे से, बूढ़ा व्यक्ति बाहर आता है और अपने पैंट में अपनी बोतल रखते हैं।अब वह संतुष्ट है। AVM का संगीत अभी भी बज रहा है। पादरी, पाहन और कुछ बुजुर्ग मेज पर पहुंचते हैं। पाहन अपनी सीट लेते हैं। पादरी अप्रयुक्त स्पीकर स्टैंड के पास रुक जाते हैं। वह बिनीत को देखते हैं। जो अपने मोबाइल को देख रहा है।वह बिनीत को बोलते हैं कि इसका उपयोग किया जा सकता है। वो इसे कोलकाता से लाए हैं। बिनीत पादरी को देखे बिना ही उत्तर देता है "निश्चित पादरी"।और अपने मोबाइल पर वापस जाता है। पादरी इस पर ध्यान देते हैं और स्टेज पर जाने लगते हैं।

समय "12.15 PM"। एरिक एक सीटी मारता है। मैच शुरू होता है। बोरया क्लब शुरू में हमला करने की कोशिश करता है, लेकिन उनके हमले को आरवीसी के विक्टर, अनिक और राजा की रक्षा तिकड़ी द्वारा अच्छी तरह से बचाव किया जाता है। भीड़ देख रही है। निकोलस ने विक्टर को विनोद की जगह स्ट्राइकर के रूप में लेने के लिए कहा।

बिनोद डिफेंडर बन जाता है, लेकिन बोरया टीम डिफेंस के इस कमजोर कड़ी का फ़ायदा लेते हुए एक गोल करती है। गंगा 'बिनोद, को बधाई देता है। निकोलस चिढ़ जाता है। सामान , पान बीड़ी बेचने वाले मैदान के चारों ओर घूम रहे हैं। बिनोद राजा की जगह लेते हुए हमला करता है। लेकिन निकोलस चिल्ला कर उसे डिफेंस में वापस जाने का निर्देश देता है। लेकिन इस बार भी एक गोल को रोकने के लिए बिनोद ज्यादा कुछ नहीं कर पाता। भीड़ उत्साहित है। नागा का कमेंट्री आता है। "और विजेता बोरया टीम है। निकोलस कुजोर की RVC टीम हार गई .." एरिक लंबी सीटी बजाता है और मैच खत्म हो जाता है। निकोलस उदास और निराश है। गंगा, विक्टर और राजा के पास आता है और बहुत जोर-शोर से चिल्लाता है।"अच्छा खेला, अच्छा खेला!!" निकोलस गंगा को चिढ़ते हुए घूरता है।

पहले राउंड का दूसरा मैच शुरू होने वाला है। मैदान के बीच में दोनों टीमें के मध्य एक फुटबॉल रखा है।पर इस मैच की भी शुरुआत हंगामें से होती है। बोरो प्लेयर के नाम पर दादेल और बिनोद बहस कर रहे हैं। जो अपनी अपनी टीमों के कप्तान हैं। बिनोद इस मैच में भी विक्टर और राजा को बोरो प्लेयर के रूप के खेला रहा है। इसी पर दादेल को आपत्ति है।

दादेल का कहना है कि दो ही बोरो प्लेयर का रूल है।पर बिनोद का कहना है कि वो तो कप्तान है सो वो इस नियम के दायरे में नहीं आता है। नागा के कमेंट्री से हमें पता चलता है कि "दूसरा मैच है, RVC 2 और दादेल की टीम लोहरा कोचा के बीच। खिलाड़ियों का नाम लेता है। RVC 2 में बिनोद, विक्टर, राजा और अनिक खेल रहे है। इस मैच में टॉस लोहरा कोचा जीता है पर उन लोगों ने नंगे बदन खेलने का फैसला किया है।"

निकोलस संतुष्ट होकर मुस्कुराता है। उसके पास खड़ा व्यक्ति उसे देख कर सोचने लगता है। निकोलस उसे देखता है। वह फिर मुस्कुरा कर उससे कहता है। "जरसी भी दिखानी पड़ेगी। आखिर इस पर पैसा खर्च किया गया है।" आदमी सिर हिलाता है। एरिक के सीटी से मैच शुरू होता है। टेबल पर लोग इसे गौर से देख रहे हैं। मौलवी, जो अपनी गेंद के साथ

बैठे हुए हैं। इक़बाल को अपनी गेंद पकड़ने के लिए देते हैं। और नागा के पास जा कर कुछ फुसफुसाते हैं।

दादेल टीम के हमलावर RVC के गोल पोस्ट तक पहुंच गए हैं। अचानक अज़ान सुनाई देने लगता है। एरिक - रेफरी मैच रोक देता है। उसी समय गेंद गोल में चली जाती है। भीड़ खामोश है। सभी खिलाडी अपनी जगह पर खड़े हैं। मेज पर मौजूद लोग चुप हैं। एवीएम - आकाश, विकास और मकसूद भी चुप हैं। पादरी और बूढ़ा व्यक्ति खड़े हैं। बिनीत अपने मोबाइल से मौलवी की ओर देखता है। और आपना मंत्र दोहराता है। "नियम से, सभी धर्मों को ... प्रतिबन्धित कर देना चाहिए।" इक़बाल ने उसे सिर पर मारा, धीरे से और उसे शांत रहने के लिए कहा। बिनीत वापस अपने मोबाइल पर लग जाता है। मौलवी अज़ान खत्म कर, अपनी गेंद के साथ वापस आ जाता है, मेज पर गेंद रखकर बैठ जाता है।

नागा माइकमें बोलता है। " धन्यवाद मौलवी जी। अब टूर्नामेंट में आपका भी आशीर्वाद है। "

रेफरी एरिक ने गोल किक से मैच को फिर से शुरू किया। गेंद दादेल द्वारा बाधित होती है और वह इसे गोल पोस्ट में मार देता है। दादेल की टीम उत्साहित है। एवीएम अपना संगीत बजा रहा है। आरवीसी 2 टीम द्वारा एक किक और पास, जिसे डैडेल की टीम ने नाकाम कर दिया। अंत में, एरिक सीटी मारता है और मैच समाप्त कर देता है। दादेल और उनकी टीम जश्न मनाती है।ये मैच एक गोल से लोहरा कोचा, जीत गया है।

समय "12.45PM"। दर्शकों की संख्या काफी बाद चुकी है। मैदान में अगला मैच चल रहा है। नागा के कमेंट्री से "मैच 3: रॉकेट xi 1 और, दादेल 2 (सेमर टोली) का मैच चल रहा है, बराबर का टक्कर हो रहा है। कौन जीतेगे पता लगाना असंभव है"।

स्टेज के पीछे मिलान क्लब के सदस्यों की कोई गुप्त मीटिंग चल रही है। सभी एक गोलाई में खड़े हैं।

इक़बाल - हम, लेंघाइआ, बिनीत, विल्सन, सच्ची और दादेल को ले लेते है।

सच्ची - भूषन और रुपुष संभाल पायेगा? हमसभी तो मैदान में रहेंगे। बाहर कुछ ऊंच नीच हो गया तो?

गंगा तिर्की, इन लोगो को अनदेखा करते हुए, पास से गुजरते हैं।

भूषण इन्हें देख कर सबको और करीब करके बोलता है - अरे जब बोरो ले ही रहे हो तो लेंघाइआ, बिनीत, और इक़बाल तुम लोग तीनो खेलो, और बाकी के बोरो ले लो। हम तीनो यहाँ सँभालते हैं। वरना, बिनोद का बप्पा यहाँ आके किचाइन करना शुरू करेगा। भाई हम से तो नहीं संभलेगा। या रुक न तुमलोग का मैच सबसे लास्ट में कराते हैं, बिना खेले जाओ न दूसरे राउंड। सब लोग हंसते और चिल्लाते हैं।

कुछ दूर पर ही गंगा पेशाब कर रहा और झांक रहा है। वह देखता है कि एक तरफ निकोलस, अपनी कार के पास खड़े होकर अपनी टीम को बुरा भला कह रहा है।

निकोलस - तुम लोग से कुछ नहीं होगा। मैंने सोचा अच्छा खेलते हो, तुम लोग को पैसे की दिक्कत है। तुमलोगों के माँ - बाप का औक़ात तो है ही नहीं एंट्री फीस देने का, सो हम दे दिए। हम तुम लोगों को मौका दिए लेकिन तुमलोग उस को लात मार दिया। सब पैसा पानी में बह गया। कोई ठीक से नहीं खेला, खाली बिनोद ही सारे मैदान में दौड़ते हुए दिख रहा था। साला तुम लोग, एहसान फरामोश, (बिनोद को) हम बोल रहे है ना, इन लोगो का साला खानदान ही एहसान फरामोश है, डबल खस्सी तो हम लोग ही जीतेंगे। ऐ बिनोद एंट्री फीस जमा करो, हम चपटी को बुलाते है।

ये बात बिनोद को भी आश्चर्य में डाल देता है। उसके पूछने पर कि अब एंट्री मिल पाएगा?

"अरे अभी भी खस्सी का पैसा नहीं निकला होगा, जाके दो ना तुम।"निकोलस जवाब देते हुए, किसी को फ़ोन करने के लिए दूर चला जाता है। उसकी किसी से बात हो रही है। बिनोद स्टेज की ओर जाता है।

गंगा पेशाब खत्म करता है और अपने हाथों को अपनी पतलून पर पोंछते हुए उनकी ओर आता है।सब शांत हैं। विक्टर, अनिक, राजा और दीपक निराश और दुखी हैं। विक्टर की आंखों में आंसू हैं। गंगा सबको उत्साहित करने के उद्देश्य से - दोस्तों...लोग जीतने के लिए धोखा देते

हैं, लेकिन खेलने के लिए आपको इसकी जरूरत नहीं है। खेलने में अपार खुशी होती है। आपको दूसरों के लिए नहीं बल्कि अपने लिए खेलना चाहिए।तुम लोग खेलोगे?

विक्टर आपने आंसू पोंछता हैं। विक्टर, अनिक, राजा और दीपक के करीब आकर सबका हाथ एक साथ ऊपर करता है। इन चारों में एक अजीब सी शक्ति का संचार हो जाता है। गंगा इन्हें देख कर मुस्कुराने लगता है। गंगा अपना पर्स निकालता है। उन्हें एंट्री के पैसे दे कर चला जाता है। विक्टर के हाथ में पैसा है।अनिक, राजा और दीपक, विक्टर के हाथ को मजबूती से पकड़ते हैं।अब इनके चेहरे में आत्मविश्वास झलकने लगता है। निकोलस ये सब फ़ोन पर बात करते हुए देख रहा है।

उधर स्टेज में नागा माइक पर कमेंट्री देरहा है "और तीसरा मैच भी खत्म हो गया है, ये मैच ROCKET xi 1 ने जीता है, आगे बढ़ने से पहले आप लोगो को एक सूचना देंगे, अभी अभी दो नयी टीमों ने एंट्री किया है, RVC और SUPER SIX KADMA।" तभी एक आदमी नशे में चिल्लाते हुए आता है। "तीन तीन! हमारी टीम का भी नाम लिख लो। चौड़ी बस्ती "।

रूपेश, भूषण, लेंघाइआ और बाकी लोग उत्साहित हो जाते हैं।

ब्लॉक क्लब के स्ट्राइकर गेंद को अपने प्रतिद्वंद्वी के गोल पोस्ट तक ले जाते हैं। लेकिन यह गांधी नगर 1 के रक्षकों द्वारा अच्छी तरह से बचाव किया गया है, जो अपने स्ट्राइकरों को गेंद पास करते हैं। गांधी नगर 1 के स्ट्राइकर गेंद को प्रतिद्वंद्वी के गोल पोस्ट तक ले जाते हैं और उनमें से एक गोल करते हैं। जैसे ही गोलकीपर गेंद को उठाता है, एरिक सीटी मार देता है। गांधी नगर 1 टीम का जश्न।

मेज पर, पाहन, मौलवी, पादरी और बूढ़े आदमी भी ताली बजाते हैं। पादरी अपनी घड़ी की ओर देखते हुए, मौलवी और पाहन से कहते हैं। "मुझे लगता है कि आपलोगों को मुझे माफ़ करना होगा, येसु का कर्तव्य मुझे बुला रहा है।" मौलवी अपनी घड़ी देखते हैं। पादरी उठ जाते हैं। तो, पाहन भी उठते हैं। पादरी मौलवी से पूछते हैं, मैंने आपके साथ पंडित जी को नहीं देखा? "उन्होंने कहा कि उनके पास कुछ काम है, मुझे लगता है कि उसी में फंस गये होंगे"।मौलवी जवाब देते हैं। खैर, यहाँ सब कुछ ठीक

है, मैं जाता हूँ।बोल के पादरी देखने लगते हैं कि कौन उनके साथ आ रहा है। मौलवी सहमत होकर उठ जाते हैं। "हां, जरूरत पड़ने पर हम वापस आ सकते हैं।" साथ ही बूढ़े आदमी से - क्या आप हमारा साथ दे रहे हैं? बूढा आदमी सिर पर हाथ फेरते हुए "मैं फाइनल का इंतजार कर रहा हूं।" कहता है। मौलवी मुस्कुराते हुए जवाब देते हैं - मैं तब तक वापस आ जाऊंगा। और अपनी गेंद इकबाल को दे कर पूछते हैं। - इक़बाल, क्या तुम इसमें हवा भर सकते हैं?

इक़बाल सहमत हैं। पादरी और मौलवी चले जाते हैं। पाहन अपनी सीट पर बैठते हैं। और बूढ़े आदमी को नहीं पाकर आश्चर्यचकित है। जब पाहन इधर-उधर देखते हैं तो उन्हें लगता है कि कोई टेबल के नीचे है। पाहन देखने के लिए वो नीचे झुकते हैं। नीचे बूढ़ा आदमी अपनी बोतल से पी रहा है। बूढ़ा आदमी थोड़ी देर के लिए ठिठक जाता है क्योंकि वह पाहन को देख लेता है। वह फिर बोतल को पाहन के लिए बढ़ाता है। पाहन शांत है। वह कोई प्रतिक्रिया नहीं करते हैं।

टेबल के पीछे, भूषण और सच्ची ने हाउजी आइटम सेट कर रहे हैं।

समय "01.30PM" । मैदान में कदमा सुपर सिक्स स्ट्राइकर गेंद को एक-दूसरे को पास करते हैं। गंगा तिर्की उत्सुकता से देख रहे हैं। नागा का रनिंग कमेंट्री चल रहा हैं "RVC के हारे हुए खिलाड़ियो का नया टीम कदमा सुपर सिक्स, गांधी नगर 2 के साथ मैच खेल रहे है।" कदमा सुपर सिक्स के स्ट्राइकर्स में से एक, अनिक ने गाँधी नगर के गोल में गेंद को मार दिया। कदमा सुपर सिक्स अति उत्साहित हैं। गंगा तिर्की भी बेतहाशा चीयर्स करते हैं।

नागा माइक पर है। "अभी आये और अभी एक गोल कर दिया। लगता है नया आत्मविश्वास है, टीम मैं पूरा कोर्डिनेशन दिखाई दे रहा है, दर्शकों को भी आनंद आ रहा है।और राजा ने एक गोल किया"। दर्शक तालियां बजाते हैं।दर्शकों की संख्या में बहुत इजाफ़ा हो चूका है।

विक्टर, अनिक और राजा की तिकड़ी एक - एक करके तीन और गोल कर, दर्शकों का भरपूर मनोरंजन करते हुए, मैच जीत जाते हैं। दर्शक तालियां बजाते हैं। नागा माइक पर अगले मैच की जानकारी देता है।"अगला मैच चौड़ी बस्ती और बिनोद, आप लोग अपनी सांसे रोक ले

... बिनोद की तीसरी टीम के बीच है। (हंसते हुए) दोनों टीमें मैदान में हैं और मैं क्या देख रहा हूं? कौन है बिनोद की टीम में नया आदमी? यह कोई और नहीं बल्कि हार्ड मास्टर चपटी है"।

पूरा मैदान खामोश है। भीड़ में बैठे लोग शांत हैं। आयोजक चुप हैं। निकोलस और गंगा देख रहे हैं। चौड़ी बस्ती टीम के सदस्य देख रहे हैं। चपटी (25) उनकी विशाल आकृति मैदान में मौजूद सभी को छोटा और बौना बना देती है। चपटी को देखकर विपक्षी टीम भी डर जाती है। गेंद उसके पास आती है। वह गेंद को ड्रिबल करते हुए आगे बढ़ता है। उसके पास जो भी आता है, गिर जाता है। चपटी सबको गिरते हुए आसानी से आगे बढ़ता है विपक्षी खिलाड़ियों के साथ बहुत रफ खेलता है, गेंद को विपरीत खेमे में ले जाता है। पाहन और बूढ़ा आदमी चिंतित हो जाते हैं। वे खड़े हो गए। चपटी ने गोल पोस्ट के रास्ते में कुछ विपक्षी खिलाड़ियों को गेंद से किक मार के नॉक आउट कर दिया। इस प्रक्रिया में, वह गोल कीपर से टकराता है। गोल कीपर तड़प उठता है। स्टेज में बूढ़ा अपना संतुलन खो देता है और नीचे गिर जाता है। पाहन उसे देखते हैं, पाहन बिना किसी भाव खड़े हैं। चपटी चिल्लाता है पूरी RVC टीम चिल्लाती है निकोलस भी चिल्लाते हैं। नागा कमेंट्री भी सुनने को मिलती है।

"चपटी ने पहले ही 2 मिनिट मैं एक गोल कर दिया है।आइसा लगत है कि गेंद और चपटी के बीच कोइ नहीं आ रहा है, बिनोद की टीम बड़ी आसानी से जीत जाएगी"।

एवीएम बिना संगीत के खड़े हैं। चौड़ी बस्ती के कुछ और खिलाड़ी चपटी द्वारा धकेले जा रहे हैं। वे जमीन पर गिर जाते हैं। चपटी आक्रामक खेल रहा है। उसके साथी उसे गेंद देते हैं। चपटी ने तीन और गोल किए। एरिक सीटी बजाता है, चपटी के पास आता है और विजेता की घोषणा करते हुए हाथ उठाता है। आरवीसी की नई टीम खुश है। निकोलस कुजुर, गंगा तिर्की के सामने नृत्य करता है।

पादरी चर्च में चैन से सो रहे हैं। मधुर संगीत हलकी आवाज़ में बज रहा है।

दोपहर के 2:30 बज चुके हैं। दर्शकों का जोश कम हो चुका है। बहुत से दर्शक पास के सप्ताहिक बाजार में लगने वाले मुर्गा लड़ाई के लिए

जा चुके हैं। गंगा तिर्की और निकोलस कुजूर भी दोपहर के भोजन के लिए प्रस्थान कर चुके हैं। मैदान में अब खिलाड़ियों की संख्या ज्यादा लग रही है और दर्शकों की संख्या का कम। आयोजकों को मौका मिल गया है। वह वे फर्स्ट राउंड का मैच रॉकेट xi 2 से अपनी जीत दर्ज कर लेते हैं। और तत्काल दूसरे राउंड के मैच की तैयारी शुरू कर, मैच शुरू कर देते हैं। दूसरे राउंड का पहला मैच गांधीनगर बनाम लोहरा कोचा के बीच होता है। दूसरा मैच कदमा सुपर सिक्स बनाम बोडया के बीच खेला जाता है जिसमें कदमा सुपर सेक्स आसानी से अपनी जीत दर्ज कर लेता है। RVC बना और रॉकेट xi 1 के बीच जो मैच होता है उसको विनोद की टीम चपटी के बदौलत बहुत आसानी से जीत जाता है। जब दोबारा मैदान में भीड़ बढ़ती है तो दर्शकों को नागा के द्वारा पता चलता है कि सेकंड राउंड के सभी मैच समाप्त हो चुके हैं। सेमीफाइनल के लिए सेमीफाइनल में 4 टीमें आ चुकी है। निकोलस कुजूर वापस आते ही, स्टेज के पास जाते हैं। जहां उन्हें पता चलता है कि मिलन क्लब बिना सेकंड राउंड का मैच खेले ही सेमीफाइनल में पहुंच गया है। वह अपनी आपत्ति दर्ज कराने के लिएस्टेज के पास पहुंचते हैं। जहां एवीएम के धुन पर बहुत सारे बच्चे नाच रहे हैं।

मिलन क्लब के सभी लड़के एवीएम - आकाश, विकास और मकसूद के धुन पर नाच रहे हैं। निकोलस संशय की स्थिति में पहुंचते ही चिल्लाता है। "तुमलोग गेजा कर ही लिए, बिना सेकंड राउंड खेले सेमीफइनल में आ गये"। एवीएम - आकाश, विकास और मकसूद, निकोलस को चिढ़ाने के लिए उनके बगल में जा कर वही धुन बजाते हैं।निकोलस का बात काटते हुए नागा विल्सन से पूछता है - अरे विल्सन, हाउसी सेट अप तैयार है? विल्सन तुरंत प्रतिक्रिया करता है जैसे कि वह उत्साहित है, वह चिल्लाता है - हाउजी, हाउजी ... हाउजी। उसके पीछे सभी चिल्लाते हैं जैसे उनको कहा गया हो - हाउजी, हाउजी ... हाउजी।

सभी नाराज निकोलस को पीछे छोड़ते हुए चले जाते हैं।

भूषण और साची हाउजी सेट अप को अंतिम रूप देते हैं। सभी नंबर, बड़ी गोल गेंद में रखे जाते हैं। राउंड बॉल में एक छोटी सी ओपनिंग होती

है, जहां से हमें हाउजी के लिए नंबर मिलता है। रूपुष टिकटो की किताब से दो टिकट ले लेता है।लेंघाइआ इसे देखता है और विल्सन को इसके बारे में इशारा करता है। विल्सन ने इशारों में कहा, मानो "जाने दो'। लेंघाइआ इसे जाने देता है। उत्तेजना के साथ एरिक उस मेज पर जाता है जहां हाउजी है। उत्साह के साथ एरिक उस टेबल पर जाता है जहां हाउसी है। निकोलस पहले से ही है। लोग मेज के चारों ओर अर्धवृत्त में बैठे हैं। और इस अर्धवृत्त के बीच में AVM उनके वाद्य यंत्र के साथ हैं। नागा अनाउंसमेंट के साथ खेल की शुरुआत अपने अनोखे तरीके से करता है जिसके लिए वह जाना जाता है।

"हाँ तो संगी साथी माने, इस हाउजी के खेल में, सिंगल लाइन, फुल कार्नर, फर्स्ट फाइव, फुल हाउस है। एक बार में एक नंबर निकाला जायेगा। नंबर तीन बार बोला जायेगा। इसी के बीच में हाउजी चिल्लाना पडेगा। दूसरा नंबर निकलने के बाद, माना नहीं जाएगा। बोगस हो जाएगा। बोल, तुमहिं मने सब कुछ जाने ना। शुरू करा थिओ। सब टिकट को ठीक से देख लेबा। निकलत हाउ पहला नंबर... घुमाया और घुमाया घुमाके निकला नंबर निकले 7 यानी... सात..., का? 7 नंबर (घुमाके निकाला) थरथराने वालों के लिए नंबर निकला 8 और 8।

एवीएम संगीत के साथ दोहराता है "मोटका मोटकी एक साथ"।

नागा - यानि 88! एक बार फिर से बोलता हूँ डबल नंबर 88, अगला नंबर है मुँह में पानी लाने वाला यानि...

एवीएम संगीत के साथ दोहराता है "चाट मतलब... 8!"

नागा - एकदम सही 8! जल्दी काटो 8! चलो अगली बारी है... और ये सुरु हुआ "फेरा" ।

एवीएम संगीत के साथ चिल्लाता है "मतलब... 13!"

नागा "जी हैं 1 और 3 तेरह"।

एवीएम संगीत के साथ दोहराता है"ज़िन्दगी का फेरा क्या... तेरह"।

वे संगीत बजाते हैं। अपने टिकटों को देखकर निकोलस निराश हो जाता है। वह हार स्वीकार करता है। एवीएम उन्हें अपने संगीत से चिढ़ाते हैं। मैदान पर कुछ बच्चे और कुछ अन्य बूढ़े, मौलवी की बिना हवा वाली गेंद से खेल रहे हैं। कुछ अन्य बच्चे मैदान के चारों ओर साइकिल चला

रहे हैं। हम देखते हैं कि खेल चल रहा है। हाउजी आवाज़ काफी दिमि हो जाती है। दूर से यह एक मेले जैसा दृश्य लगता है।

7

सेमीफइनल

सेमीफइनल

समय "04.00PM" बजा है। गेंद को मैदान के बीच में रखा जाता है। नागा अपने कमेंट्री के जरिए लोगों में जोश जगा रहा है। "टूर्नामेंट अपने दूसरे पड़ाव पर पहुंच गया है, पहला सेमीफइनल मैच RVC नई और सेमर टोली के बीच होगा, देखते है कौन जीतेगा। फाइनल मैच किसके किसके बीच होगा?" कुछ लोग नशे में हैं और हंगामा कर रहे हैं, खुद मजे ले रहे हैं। "पहला सेमीफइनल मैच, का शुरुआत, बिनोद का RVC यानी चपटी और दादेल का टीम।" नागा सबको जानकारी देता है।

दोनों टीमें मैदान के बीच में आ गई है। भीड़ अब हर तरफ से भर चुकी है। बूढ़ा आदमी अपनी अलग कुर्सी पर बैठा है, जो अपनी बोतल से एक घूंट पी कर अपनी कुर्सी उठाते हुए बाहर निकल जाता है।

मैदान के आसपास बाजार में भारी गतिविधि है। बाजार में मुर्गा लड़ाई हो रही है। लोग मुर्गा के लिए चिल्ला रहे हैं, उनमें से कुछ फुटबॉल खेल की तरफ उलटे खड़े हैं । खाने के स्टॉल में लोग खा रहे हैं - पानी पुरी, चाउमिन, हावा मिठाई आदि। दूसरे तरफ में मांसाहारी स्टॉल हैं। वहां भीड़ है।

बूढ़ा अपनी कुर्सी मेज की ओर बढ़ाकर पाहन के पास बैठ जाता है। पाहन बिना भाव के, मुस्कुराते हुए बूढ़े आदमी को देखते हैं। फिर उसकी जेब में उभरी हुई बोतल को देखते हैं।दोनों टीमें मैदान के बीच में हैं, दोनों टीमों ने जर्सियां पहन रखी हैं। टॉस होता है, एरिक खेल शुरू करता है। जल्द ही, दादेल और चपटी गेंद के लिए जूझ रहे हैं। खेल को देखने वाले लोग खौफ में हैं। चपटी एक गोल से चूक जाता है। दादेल को राहत मिली है। वह अपनी टीम को देखता है। और चिल्ला कर उनका उत्साह बढ़ाता है "चलो... चलो...! जीतना है... "

चपटी गेंद के साथ विपक्षी लक्ष्य तक जाता है, लेकिन दादेल ने उनकी कोशिशों को नाकाम कर देता है। निकोलस निराशा में अपना पैर पटक लेता है।उसके मुँह से अनायास "ओह, दादेल ..." निकलता है। चपटी गेंद पर नियंत्रण रखता है, लेकिन उसे ब्लॉक किया जा रहा है। वह निराश हो जाता है। निकोलस चिंतित हो जाता है। वह मैदान के किनारे पर जाता है, जहाँ से चपटी उसे देख सकता है। जैसा ही चपटी नजदीक आता है, निकोलस उसे अपने स्वयं के कमर (टूल बॉक्स) की ओर इशारा करते हैं। चपटी देखता है। निकोलस अपनी पैंट को ठीक कर रहा है और शांत रहता है। बिनोद यह देखता है, और थोड़ा हैरान हो जाता है। चपटी अब पूरी ऊर्जा के साथ आगे बढ़ता है। फिर वह जानबूझकर किसी की कमर पर वार करता है, जिससे वह गलती लगती है। वह खिलाड़ी से माफी मांगता है और खेल आगे बढ़ता है। निकोलस मुस्कुराता है। चपटी को एक बार फिर दादेल रोक देता है। गुस्से होकर वह गेंद की ओर बढ़ता है और उसे जोर से मारता है। गेंद ऊंची उड़ान भरती है। लोग देखते हैं। खिलाड़ी देखते हैं। पाहन और बूढ़ा आदमी देखते हैं। नागा ऊपर देखते हैं। मुर्गा लड़ाई के आसपास व्यक्तियों के समूह में से कोई व्यक्ति चिल्लाता है। "अरे सावधान ... बॉल ... बॉल ..." यह मुर्गे का मालिक है।

इससे पहले कि कोई भी नीचे आ रही गेंद को देखता है, उन पर गेंद गिर जाता है। जैसे ही गेंद गिरता है, मुर्गों की कुकड़ाहट सुनाई देती है। जल्द ही, कुछ लोग गाली देते हुए चिल्लाते हैं। मैदान में लोग गेंद का इंतजार करते हैं। एरिक, लाइनमैन और टेबल के पास लोग। थोड़ी देर के बाद, एरिक पहल करता है। वह पूछता है "अरे, जोकर और रज्जी, देखो

क्या हुआ?" जोकर और रज्जी देखने के लिए मुर्गों की लड़ाई वाले इलाके की तरफ दौड़ते हैं। जोकर और रज्जी मुर्गा लड़ाई की ओर भागते हैं।

मेज पर, भूषण चिंतित हैं। वह सच्ची को को गेंद देने के लिए कहा ताकि खेल जारी रहे। सच्ची को टेबल के नीचे से एक गेंद लेता है और उसे भूषण को देता है। भूषण गेंद को देखता है। इसका कोई दबाव नहीं है। वह जानता है कि यह मौलवी साहब की गेंद है।

वह इसे वापस फेंक देता है। सच्ची गेंद को पकड़ता है, वापस रखता है, दूसरी गेंद लेता है और भूषण को फेंकता है। भूषण को इसकी कठोरता महसूस होती है। वह मैदान में देखकर चिल्लाता है। "एरिक..."

वह गेंद को मैदान में मारता है। गेंद एरिक के पास आता है, जो इसे अपने हाथों में पकड़ता है। हंगामा बढ़ने पर उसका ध्यान मुर्गा लड़ाई की ओर गया। मुर्गा लड़ाई वाले कुछ लोग जोकर और रज्जी के साथ बहस कर रहे हैं क्योंकि वे खेल के मैदान में हंगामा खड़ा कर देते हैं। भूषण सच्ची और इक़बाल टेबल के पास से बाहर निकलते हैं। मुर्गा लड़ाई वाला आदमी जोकर और रज़ी के साथ बहस कर रहे हैं।

मुर्गा लड़ाई वाला आदमी - मोइर मुर्ग़ा मोराय देलक। 5000 जीतेथे, खेला रोको, पैसा दो।

भूषण, सच्ची और इक़बाल दौड़ते हुए आते हैं और उन्हें मैदान से दूर ले जाते हैं। लेकिन मुर्गा लड़ाई वाला आदमी ने बाहर जाने से इनकार कर दिया। दोनों पक्षों के खिलाड़ी देख रहे हैं। तो भीड़ भी देख रही है। मैच रुका हुआ है। भूषण उन्हें बाहर निकालने की कोशिश कर रहे हैं "चलो मैदान के बाहर बात करते हैं।" लेकिन

मुर्गा लड़ाई वाला आदमी - का बतिया भी बाबू, मोके खर्चा दे, और कुछ नहीं चाही।

सच्ची और इक़बाल उसको खींच के बाहर करते है। एरिक को भूषण इशारा करता है, जो चिल्लाता है। "ठीक है, आइए दोस्तों ..."

खिलाड़ी अपने - अपने जगह पर जाते हैं। नई गेंद को ज़मीन पर रखा जाता है। वह सीटी बजाता है। मैच शुरू होता है। संतुष्ट होकर, भूषण, सच्ची और इक़बाल के पास जाता है। और मुर्गा लड़ाई वालो को समझा रहे है।

इक़बाल - देख उम्र का लिहाज कर रहे है, 5000 जीतेगा, नहीं 50,000 जीतेगा। ये मुर्गा लड़ाई में कौन 5000 का नल लगा रहा है। बताइये? 150 रुपया देंगे। और मुर्गा भी रखेंगे। लेना है तो बोलिए।

मुर्गा लड़ाई वाला - अरे नहीं नहीं कम से कम 300 रुपया।

सच्ची - अब लाइन पर आया न।

इक़बाल - क्या लाइन पर बे? हम तो 100 रुपया देंगे। और मुर्गा भी रखेंगे। लेना है तो बोल।

मुर्गा लड़ाई वाला - नहीं देख 200 रुपया तो देबे के पड़ी नहीं तो मैं खेला रोक दें।

भूषण इक़बाल को - अबे चल 200 रुपया दे दे, नहीं तो इसका नशा फट जाएगा।

इक़बाल - मुर्गा कहा है मुर्गा?

मुर्गा लड़ाई वाला - अरे तोय खर्चा देना? मुर्गा देदेबो तोएके।

इक़बाल सीटी बजाता हैं। टेबल पर रुपुष इसे सुनता है और सिर हिला देता है। इक़बाल इशारे पर मुर्गा खाने की नकल करता है ।

इक़बाल - जा हुआन से जाके खर्चा ले ले। मुर्गा किधर है।

मुर्गा लड़ाई वाला - उ तो हुआ रखल है।

मुर्गा लड़ाई वाला आदमी रुपुष की तरफ जाता है। इक़बाल भूषण की तरफ मुड़ जाता है।

इक़बाल - झोला का इंतज़ाम कर न। मुर्गा खाना है की नहीं?

हम देखते हैं कि मुर्गा की लड़ाई वाले लोग खुश हो कर फुटबॉल मैच के साथ जयकार कर रहे हैं। भूषण, सच्ची इक़बाल उस हुड़दंग से बाहर आते हैं, उनके हाथों में झोला होता है। झोला के अंदर कुछ हिल रहा है, हम मुर्गा चिल्लाते सुनते हैं। जैसे ही वे फूड स्टॉल से गुजरते हैं, उन्हें भीड़ चीयर सुनती है। इक़बाल मैदान पर नजर देता है।

इक़बाल - अबे प्याज तुम लोग खरीद के लेके जाना और अच्छा से बनवाना। और ख़तम मत करना, मैं भाग रहा हु अगला मैच अपना है।

इक़बाल मैदान में जाता हैं। भूषण, सच्ची की तरफ मुड़ता है।

भूषण - साला मुर्गा थमा के भाग गया, अभी 50 रुपया मुर्गा बनाने के लिए वो आजी लेगी और प्याज का दस रुपया साला अलग से।

सच्ची - तुम कहे रोता है बे? हम लोगो में से एक तुम्ही को तो पॉकेट खर्चा मिलता है। और उसमे भी तुम रोता है।

मैदान पर, गेंद पास हो गई और एक गोल होने वाला है, लेकिन गेंद को गोल कीपर द्वारा रोक दिया जाता है। लोग जोर से जयकार करते हैं।

बाजार में एक कोने में कुछ चूल्हे जल रहे हैं। नॉन वेज बनाया जा रहा है। कुछ हड़िया (स्थानीय बियर) की दुकान भी है। हड़िया को बड़े मिट्टी के बर्तन में रखा जाता है। बर्तन एक दूसरे के ऊपर रखे जाते हैं। कुछ लोग पी रहे हैं, कुछ सुस्त हैं। सच्ची और भूषण खाना पकाने वाली एक महिला के पास आते हैं। खाना बनाने वाली महिला की उम्र करीब 45 साल है। वह बैग लेती है और उसके अंदर देखती है। वह अपने हाथ से बैग का वजन माप कर बोलती है। "डेढ़ किलो होगा, प्याज़ भी ला दिया है। 80 रुपया लगेगा। 15-20 मिनट लग जाएगा"।

सच्ची - मैच का पंडाल तक पंहुचा दीजियेगा?

महिला - ठीक है। मुझे कुछ पैसे दो। मुझे मसाले खरीदने होंगे।

भूषण पैसे देता है। वह और सच्ची चले जाते हैं।

इधर मैदान में पहला सेमीफाइनल समाप्त होने वाला है। स्कोर अभी भी 0: 0 है। दोनों टीमें एड़ी चोटी का जोर लगा रही है। गेंद दादेल के पास है। वह गेंद पर नियंत्रण रखता है और उसे विपरीत दिशा में ले जाता है। भीड़ खुश हो जाती है। गंगा तिर्की उत्साहित होकर चिल्लाता है। "शबास दादेल, शाबास"। अचानक गेंद को अब चपटी अपने नियंत्रण में लेता है, और गोल पोस्ट तक ले जाने लगता है। दादेल अपनी पूरी शक्ति के साथ पीछे दौड़ता है। गेंद गोल के पास आती है, लेकिन चपटी के चालाकी के कारण दादेल के हाथ से हैंडबॉल होता है। एरिक चपटी की टीम को पेनल्टी किक देता है।

मंच के पास, पाहन और बूढ़े आदमी असंतुष्ट हैं।

गेंद को पेनल्टी किक के लिए रखा जाता है। गोल कीपर तैयार है। भीड़ तनावपूर्ण है। चपटी दौड़कर किक मारता है। गेंद उड़ती है और पोस्ट को हिट करती है और फिर गोल पर। चपटी खुशी में चिल्लाता है। मंच के पास, पाहन निराशा में दूर जाने की कोशिश करते हैं। जैसे ही आगे बढ़ते है, फिसल जाते हैं। बुढ़ा आदमी उसकी मदद करता है। पाहन उसे अपनी

छोटी उंगली दिखाकर बताना चाहते हैं कि वो वह पेशाब करना चाहते हैं। बूढ़ा मुस्कुराता है।

मैदान में, गोल कीपर जल्दी से गेंद को उठाता है और इसे विपरीत दिशा में वापस किक करता है। एरिक अपनी घड़ी की ओर देखता है और अपनी सीटी बजाता है। चपटी चिल्लाता है। तो भी निकोलस चिल्लाता है। गंगा तिर्की दादेल को सांत्वना देते हुए नजर आता है। निकोलस की टीम नाचता है। आकाश, विकास और मकसूद चुप हैं।

मंच के पास, पाहन बाहर निकलता है और बूढ़ा आदमी जमीन पर देखते हुए अपनी कुर्सी पर वापस बैठता है। मैदान में, दर्शक चुप है। पाहन एक अलग जगह पर पेशाब कर रहा है।

दूसरे सेमीफइनल के लिए दोनों टीमें मैदान से बहार, मैदान में जाने का इंतजार कर रही है। मैदान से दादेल और बिनोद की टीम बाहर आती है। नागा का कमेंट्री सुनाई देता है।

"पहला सेमीफाइनल RVC जीत गया है। दुसरे सेमी फाइनल का मैच कदमा सुपर सिक्स और मिलन क्लब के बीच है"।

दोनों टीमों के खिलाड़ी मैदान के अंदर जाते हैं। एरिक सीटी मारता है। मैच शुरू होता है। दर्शकों को खेल में मजा आ रहा है। उनमें से कुछ नाच रहे हैं, कुछ गा रहे हैं। कई देख रहे हैं।

चर्च से, पादरी बाहर कर मैदान को देखते है। वह भीड़ को देखते है। वह मुस्कुरातइ हैं। वो डकार मरते हुए, अपने पेट पर हाथ फेरते हैं। कहीं किसी ने उन्हें ऐसे करते देख तो नहीं वो चारों ओर देखते हैं। फिर वह चर्च का दरवाजा बंद करके मैदान की ओर बढ़ते हैं।

मैदान में हलचल बढ़ गई है। मैच करीब-करीब एकतरफा है। शुरुआत में ही कदमा ने 1 गोल कर दिया है। निकोलस मैदान के चारो तरफ घूमना शुरु करता है।और सभी दर्शाकों को RVC के फाइनल जीतने की भविष्वाणी सुनाने लगता है। "ये मैच क्यों देख रहे हो, इसमें कोई भी जीते फाइनल तो बिनोद ही जीतेगा। डबल खस्सी तो हम ही ले जायेंगे। तुम लोग आ जाना शाम को टोला में..."। लोग उसकी बात को नजर अंदाज़ करते हैं। लेकिन निकोलस तो निकोलस है, वह इसे सबको कहने के लिए पुरे मैदान का चक्कर लगाने लगता है। इस बीच कदमा सुपर

सिक्स एक और गोल कर देती है। भीड़ जयकार करती है।

निकोलस मैदान में घूमते घूमते स्टेज में आते हैं। इसके पीछे भूषण और सच्ची छुपा छुपा के चिकन खा रहें हैं। निकोलस देखते ही कुछ बोलना चाहते हैं। तभी वो पाहन को देखते हैं। पाहन भी चिकन खा रहे हैं। उससे पहले की निकोलस प्लेट में बचे आखरी चिकन पीस लेने के लिए हाथ बढ़ाते हैं। पाहन उठा लेते हैं। पाहन खाते-खाते निकोलस को देखते हैं। दूसरे भी उसे देखते हैं। पाहन खाना जारी रखते हैं। निकोलस भूषन पास आकर डबल खस्सी के बारे में जानना चाहते हैं। मुखतः उनका उद्देश्य हिसाब किताब करना है।

निकोलस भूषन और सच्ची पूछते हैं - हो गया तुम लोग का नाश्ता पानी?

दोनों चुप हैं क्योंकि उनके मुँह में चिकन है। निकोलस खुद ही हिसाब किताब करने लगते हैं। "14 टीम तो भाग लिया, एंट्री फ्री 12600 तो हुआ ही है। 5000 तो हाउजी से भी आ गया होगा।"

सच्ची, चिकन चबाते - चबाते ज़बाव देता है। "नहीं, हाउजी प्राइज के बाद 3400 ही बचा है रुपुष बोला था"।

मैच जारी है। गंगा अपनी टीम के लिए चीयर कर रहा है, पादरी उसके पास आते हैं। वे खुशियों का आदान-प्रदान करते हैं। पादरी के पंडित जी के बारे में पूछते हैं तो गंगा उन्हें नहीं देखने की बात करते हुए, मंच की तरफ देखने लगते हैं। जहाँ निकोलस को सच्ची, भूषण और पाहन से बात करते देखते हैं। गंगा पादरी से पूछते है की उनको पंडित जी से कोई काम था। तो पादरी बोलते हैं " नहीं, मुझे चिंता है कि वो फाइनल मैच देख न पाए है। वो भी मौलवी साब की तरह और मुझसे बहुत अलग, बहुत बड़े फुटबॉल के रसिया हैं"। गंगा और पादरी पंडित जी जी के बारे में जानकारी जुटाने मंच की ओर चल पड़ते हैं।

अबतक निकोलस को क्लियरिटी मिल गयी है। मतलब 16000 तो सीधे सीधे हो गया। और तुम लोग नौ-छाव (बैनर की तरफ इशारा करते हुए) से भी कमाया होगा? निकोलस की ये बातें वहाँ सभी को असहज कर देती है।

भूषन बोलता है कि "आप तो हिसाब कर रहे है चाचवा'। निकोलस एकदम से खीजते हुए बोलता है - हिसाब किताब तो करना पड़ेगा। फाइनल मैच तो बिनोदबे जीतेगा। चाहे फाइनल में गंगा आये या मिलन। डबल खस्सी तो हम ही ले जायेंगे। खसिया नहीं लाये हो भाई अभी तक मैदान में।

ये सुनते ही पाहन एकदम से गुस्साते हुए बोलने लगते हैं- पुलिस बुलाओगे क्या? पिछली बार पुलिस थाना हो गया था, भूल गया का रे निकोलस। वो तो गंगा था कि कोई कुछ नहीं बोला, मामला संभल गया, उसके जगह पर कोई और रहता तो तुम लोग तो उसको मारके मुरा देते। गंगा से बातचीत शुरू हुआ क रे? निकोलस उसके बाद, अभी भी नहीं चेता है रे तुम। छउवा लोग ठीके कर रहा है। ख़रीदा है की नहीं रे खस्सी?

निकोलस कुछ नहीं बोल पाता है। वह बोलने की स्थिति में है भी नहीं, क्योंकि जब पिछली बार डबल खस्सी फुटबॉल टूर्नामेंट का आयोजन गंगा तिर्की ने कराया था। फाइनल मैच निकोलस कुजूर की टीम बेईमानी से जीती थी। यह सभी जानते हैं। फाइनल मैच के बाद, गंगा तिर्की मैदान पर नहीं पहुंचे थे। निकोलस कुजूर और उनके जैसे कुछ लोगों का मानना है कि गंगा तिर्की पैसा की हेराफेरी करने के लिए मैदान छोड़कर भाग गए था। निकोलस कुजूर ने पुलिस बुलाया था। मैदान में पुलिस पहुंचने से पहले राबिया डबल खस्सी के आया था। इसके बाद डबल खस्सी फुटबॉल टूर्नामेंट कभी नहीं हुई थी।

निकोलस कुजूर वहां खड़ा नहीं रहना चाहता है। पर बात डबल खस्सी की है। वो भूषण और सच्ची को बोलते हैं - एक बात बोल देते है। छउवा खस्सी नहीं लेके आना। हम एक पैसा बचने नहीं देंगे डबल खस्सी टूर्नामेंट का... कम से कम 10-10 किलो का खस्सी चाही। उससे कम नहीं चलेगा समझा।

भूषण और सच्ची के साथ-साथ पहन के लिए भी यह चौंकाने वाली बात थी। जहां पाहन निकोलस को देखते हुए सोच रहे हैं यह नहीं सुधरेगा। वही भूषण और सच्ची को किसी अनिष्ट की आशंका होती है। भूषण तत्काल जवाब देता है - फाइनल अभी हुआ नहीं है, हम लोगो से जो बनेगा वही करेंगे।

अब निकोलस को फर्क पड़ता है। भूषण ने इससे पहले भी निकोलस को जवाब दिया था। लेकिन पाहन के सामने भूषण का जवाब देना, निकोलस को परेशान करता है। निकोलस भूषण को जवाब देता है - साला... बात करने का तमीज नहीं बनेगा वही करेंगे का क्या मतलब है। 10 किलो का खस्सी चाहिए मतलब चाहिये। तुम लोग कितना पैसा कहां खर्चा किया वो दिखाओ।

निकोलस के इस जवाब ने पाहन को हस्तक्षेप करने पर मजबूर कर दिया। पाहन फैसला करने के उद्देश्य से निकोलस को बोलते हैं - निकोलस छोडे दे छउवा मन के। इस बार कोई लफड़ा मत कर। करे दे। बड़ी दिन के बाद डबल खस्सी फिर से शुरू होये है। कर रे तुहीं अपने से। खसिया कोण दे रहा है रफ़ीक। जाओ लेके आ जाओ या बोल उसको पंहुचा देगा। भूषण को आदेश देते हुए अपनी बात खत्म करते हैं।

यह बात सुनकर निकोलस के चेहरे की भाव भंगिमा बदल जाती है। सच्ची और भूषण दोनों को नहीं पता है कि निकोलस कैसे अपनी प्रतिक्रिया देंगे। दोनों के चेहरे एकदम से खिल उठते हैं, क्योंकि वे दोनों पादरी और गंगा तिर्की को स्टेज मंच पर आते देख लेते हैं। उनके आते ही निकोलस वहां से चला जाता है। गंगा और पादरी बैठ जाते है। गंगा इशारे से भूषण से पूछता है, “सब ठीक है?” भूषण इशारे से जवाब देता है। फाइनल सिटी बजता है। लोग चिल्लाते हैं। AVM का म्यूजिक और नागा के कमेंट्री से पता चलता है कि कदमा सुपर सिक्स मैच जीत गया है। अब फाइनल में RVC और कदमा सुपर सिक्स के साथ होगा।

मिलान क्लब के खिलाड़ी स्टेज पर आते हैं। गंगा अपनी टीम के पास चला जाता है। पादरी मिलान क्लब की टीम को जिज्ञासा से देखते हैं क्योंकि वे अब मुसीबत में हैं।

8

फाइनल मैच

फाइनल मैच

मैदान के किनारों पर जाम लगा हुआ है। समय "05.00PM" बजे हैं। मैदान पर सफेद लाइन चूने के पाउडर के साथ खींची जा रही है। गोल पोस्ट पर नेट लगाया जा रहा है। गंगा और निकोलस अपने- अपने टीम के साथ तैयारी कर रहे हैं।

नागा का कमेंट्री चल रहा है जो दर्शकों को में उत्साह का संचार कर रहा है। "अब फाइनल मैच शुरू होने जा रहा है। कदमा सुपर 6 और RVC के बीच। कदमा में विक्टर, अनिक और राजा स्टार प्लेयर हैं तो RVC में चपटी है"।

एरिक सीटी मारता है। मैच शुरू होता है। विक्टर, अनिक और राजा का नेतृत्व करते हैं। लोग उनके नाम चिल्ला रहे हैं। वे 'कदमा, कदमा ...' भी चिल्ला रहे हैं। निकोलस के पीछे लड़कों का समूह भी कदमा के नाम को चिल्लाते हैं। निकोलस चिढ़ जाता है और उन पर चिल्लाता है। समूह और जोर से चिल्लाता है। निकोलस चिढ़ जाता है और अपनी कार के पास चला जाता है। लोग अभी भी मैदान के किनारों पर अपनी जगह ले रहे हैं।

स्टेज के पीछे सातों मिलन क्लब वाले, खस्सी लाने की बात कर रहे है। जो अब उनकी मजबूरी हो गयी है। इक़बाल मौलवी साहब की गेंद को पकड़े हुए है। रुपुष अपने पॉकेट से पैसे निकालकर गिनता है और वापस अपनी शर्ट के ऊपर वाले पॉकेट में रखते हुए बोलता है - अभी बोलो कितना का खस्सी लाना है और क्या करना है। ₹12600 आया एंट्री फीस से, ₹3400 आया हाउजी से। यानि ₹16000। विल्सन टपक से जोड़ता है कि "सहेली वाला ₹500 भी तो जोड़ो। उसको का खा जाओगे"। विनीत सहमति जताते हुए - सहेली ₹500 नहीं दिया था। उसका रुपुष के पास ₹500 बकाया है। बोला था बैनर लगाओगे तो रुपुष से ₹500 ले लेना। भूषण, लेंघाइआ और सच्ची, रुपुष को देखते हैं वो अपनी हड़बड़ाहट पर काबू करते हुए बोलता है - इसीलिए तो बैनर नहीं लगाए थे।₹15800! भुला गए क्या? अबे मुर्गा में भी तो ₹200 गया। ₹1500-₹1500 तो हमलोगो को मिलना ही चाहिए न। उसके बाद डबल खस्सी का सोचते हैं।

फाइनल मैच चल रहा है। मैदान में, दर्शक और मंच में हर एक लोग मैच का आनंद ले रहें हैं। मुर्गा लड़ाई समाप्त हो चूका है। वहां के दर्शक भी अब मैदान में आ चुके हैं। साप्ताहिक बाजार भी लगभग खाली हो चूका है।

लेंघाइआ ₹200 -₹200 रखने की बात करता है। और बाकी पैसों से डबल खस्सी लाने की बात करता है। ₹200 की बात सुनकर रुपुष थोड़े से ऊंची आवाज में चिल्लाता है। "मैं तो ₹1500 लूंगा। पूरा दिन लगाया हूँ। इक़बाल भी तो दिन भर में इतना कमा ही लेता है, टेंपो चलाकर। क्यों इक़बाल? इकबाल सहमति में सर हिलाता है। लेंघाइआ उसे समझाने का प्रयास करता है कि हम लोग तो डबल खस्सी फुटबॉल टूर्नामेंट करा रहे हैं। रुपुष असहमत है, क्योंकि उसका मानना है कि डबल खस्सी फुटबॉल टूर्नामेंट सिर्फ और सिर्फ पैसे के लिए कराया जाता है। बात बिगड़ता देख सच्ची सबको बताता है कि निकोलस स्टेज पर आए थे और उनको वह 10 - 10 किलो का खस्सी चाहिए। 10 किलो की खस्सी की बात सुनकर सब एक दूसरे को देखने लगते हैं।

भूषण आगे बढ़ता है और सब को समझाने का प्रयास करता है। "देखो ₹15800 से अगर हर किसी को ₹1500 - ₹1500 दिया जाए तो हमारे पास सिर्फ ₹5300 बचेगा, इसमें डबल खस्सी नहीं आ सकता है'। ₹10000 से ₹12000 तक में खस्सी लाने की बात करता है, तो विल्सन कहता है यह बात ठीक है ₹12000 तक का खस्सी लाते हैं। ₹ 3000 हमारे पास बचेगा। हाथ से बोतल का इशारा करते हुए 2 बोतल लेकर आते हैं। थकान मिट जायेगा। इकबाल उसे बीच में ही ठोकते हुए "भाई लोग मुझे कम से कम 15 सौ रुपए चाहिए। 14 सौ ऑटो बनाने का मिस्त्री लेगा और ₹100 का पेट्रोल भी भरवाना पड़ेगा, गाड़ी को घर तक भी लाना पड़ेगा।

लेंघाइआ और भूषण को उसकी बात अच्छी नहीं लगती है। लेंघाइआ दोनों को लक्ष्य करके कहता है कि "देखो बिजनेस और खेल अलग अलग चीज है वैसे आज तुम लोग भी खेल रहे थे" रुपुष पर कोई खास फर्क नहीं पड़ता है। मेरा भी ₹1200 का उधार हो गया है। यही चुकाने के लिए तो हम शामिल हुए थे। 15 सौ मिलेगा तो मेरे पास भी थोड़ा बचेगा। वो सबको देखता है। और आगे बोलता है - देखो गंगा चचवा का कोई प्रॉब्लम नहीं है। बात है विनोद का बप्पा का। तो हम कहां बोले थे कि 10 किलो का खस्सी देंगे। भूषण की तरफ देखता है। सच्ची को थोड़ा सा डर लग रहा है। सच्ची सबको बताता है कि भाई निकोलस स्टेज पर आकर खाता बही देख रहे थे।

“देखने दो उसे, फूल एण्ड फाइनल तीन से चार हज़ार में दो खस्सी लेकर आते हैं। पुरस्कार समारोह में इतना भीड़ रहेगा कि कोई इस पर ध्यान नहीं देगा। एक कुटिल मुस्कान बिखेरते हुए, और तुम लोग को तो पता है पादरी भी रहेंगे, उनके सामने कौन चिल्लायेगा। फिर भी कुछ ऊपर-नीचे हुआ तो नागा है न माइक पर संभाल लेगा” । रुपुष बोलता है।

पादरी माइक स्टैंड के पीछे खड़े होकर इनकी बात सुन रहे हैं। उनकी घबराहट से एक स्टैंड गिरने वाला होता है, पर उसे चुपचाप पकड़कर खड़ी कर देते हैं। किसी ने पादरी को नहीं देखा।

भूषण दुबारा सबको समझाने की कोशिश करता है - ऐसा नहीं कर सकते हैं। देखो पैसा तो है हमारे पास। ठीक-ठाक खस्सी लाते हैं। इस बार

तो शुरुआत होने देते हैं। पैसा अगली बार कमा लेंगे।

रुपुष और इक़बाल को छोड़ सभी सहमत हैं। ये देख कर रुपुष चिल्लाता है " ठीक है डबल खस्सी लाते हैं। साथ में एनिमल राइट्स वालों को भी बुलाते हैं। इतना बवाल मचवाते हैं कि खस्सी की बात ही कोई नहीं करना चाहेगा।

लेंघाइआ और भूषण एक दूसरे को देखते हैं। लेंघाइआ हड़बड़ाते हुए कहता है। "का बात कर रहा है? अबे हम लोग डबल खस्सी मजा और मस्ती के लिए करा रहे हैं। तुम तो लफड़ा करने को बोल रहा है। भूषण भी कहता है - देख रुपुष हम लोग एक नयी शुरुआत कर रहे हैं डबल खस्सी के बहाने।

रुपुष कुछ भी सुनने को तैयार नहीं है। वो सबको बोलता है - मेरी बात सुनो। अगर हम लोग सब पैसे लेकर भाग जाये तो... सातो तो एक साथ मिलेंगे नहीं। जब भी कोई पूछेगा तो हम उसी का नाम लेंगे, जो उस समय साथ मैं नहीं होगा।

सबको को समझ में आ गया है कि रुपुष मानने वाला नहीं है। बिनीत जो अब तक शांत था एक दम से खड़ा होता है और सबसे पूछता है - हम लोग को छोड़ बे... एरिक, रज़्ज़ी और जोकर, पीटा जायेगा। और माइक और बॉक्स का क्या होगा... उसको भी तो लौटाना है।

"माइक और बॉक्स तो कोई न कोई चर्च पहुँच ही देगा। पर निकोलस चाचवा घरवा जाके माँ बाबा तक को गरिया देगा"। विल्सन उत्तर देने के साथ अपनी चिंता भी जाहिर करता है।

रुपुष एक दम से बोलता है - तुम लोग बेकार में डर रहे हो। मैं तो कहता हूँ कि सब पैसा लेके भाग जाते हैं। और थोड़े समय के लिए अंडरग्राउंड हो जाते हैं।

लेंघाइआ - का बक्क रहा है बे? और भूषण की तरफ देखता है। जैसे उससे कुछ उम्मीद है की वो कुछ करेगा। लेकिन उससे पहले ही रुपुष - अबे, हम पुछ थोड़े ही रहे हैं, बता रहे हैं... किसको किसको चाहिए?

सच्ची जो अबतक भूषण और लेंघाइआ के करीब खड़ा था, रुपुष के पास जा कर बोलता है - ₹2000-2500 का जरुरत तो हमको भी है. जो पैसा था वो तो खर्चा हो गया. पेपरवा का पैसा भी जमा करना है।

सच्ची को देखकर बिनीत भी रुपुष के पास जाता है और सच्ची से पूछता है - खर्चा हुआ कि पी गया बे? जब सच्ची का जवाब नहीं आता है तो सबको "हम तो चले घर! हमको नहीं पड़ना है तुमलोग के किचाइन में"। बोलकर वहां से चला जाता है। भूषण और लेंघाइआ उसे जाते हुए देखते रह जाते हैं।

अब विल्सन की बारी है। वह भी मुस्कुराते हुए कहता है "कद्दू कटेगा तो सब में बटेगा। हम पीछे काहे रहे" रुपुष उसे साथ आने का इशारा करते हुए मुस्कुराने लगता है, तो इकबाल सच्ची और विल्सन भी मुस्कुराने लगते हैं।

लेंघाइआ और भूषण को नहीं पता क्या करना चाहिए। भूषण एकदम से रुपुष पर झपट्टा मारता है।"तुम लोग ऐसा नहीं कर सकते हो"। बोलते हुए, भूषण रुपुष के पॉकेट से पैसा निकालने की कोशिश करता है। लेकिन रुपुष जो डीलडौल में भूषण से बड़ा है। तुरंत उसे काबू में कर लेता है। भूषण का हाथ अइठते हुए चेतावनी देता है - तुम हमसे सकेगा बे? लेंगधैया दोनों को छुड़ाता है। रुपुष, विल्सन, और सच्ची अब खुल के हँसने लगते हैं। इक़बाल मौलवी की गेंद पर जमकर मुक्का मारने लगता है।

भूषण और लेंहेइया एक दूसरे को देखते रह जाते हैं।उनके जाने के बाद लेंहेइया रोने जैसे भाव में भूषण को बोलता है - ₹2000 रुपया एग्जाम फॉर्म वाला घरवा में है, ले के आते हैं। तो भूषण भी - मेरे पास भी 2-3 महीने का जेब खर्च है, बाकि बप्पा से मांगते हैं।

पादरी आहें भरते हुए माइक स्टैंड उठाते हैं और चुपचाप वहां से जाने लगते हैं।

चर्च के बाहर रुपुष, इक़बाल, सच्ची और विल्सन जा रहे हैं, वो सब पादरी की आवाज़ सुन के रुकते हैं। वो चारो पीछे मुड़ते हैं। पादरी स्पीकर स्टैंड लेके खड़े हैं। विल्सन पादरी के पास जाता है और बाकी लोग आगे बढ़ जाते है। विल्सन पादरी से दोनों स्टैंड लेता है और चर्च में लेकर जाने लगता है। पादरी उसके पीछे जाते हैं।

विल्सन चर्च के अंदर आता है, उसके पीछे पादरी। विल्सन जब स्टैंड रखने के लिए झुकता है तो उसके पॉकेट से पैसा गिर जाता है। फादर पैसे

और विल्सन को घूरते हैं। विल्सन घबराते हुए स्वर में ठीक से बात पूरी नहीं कर पाता है।बस "ये... ये... ये तो तोरणा... मैं... " ही बोल पता है कि पादरी कहने लगते हैं - हो गया, पैसे का बंटवारा? ईश्वर के आशीर्वाद से, हम सिर्फ अपने दोस्त खुद चुन सकते हैं, माँ-बाप या समाज नहीं! माँ-बाप तो गलती माफ़ कर ही देते हैं, लेकिन दोस्ती टूट जाती है। सच्ची दोस्ती (पैसों की तरफ इशारा करते हुए) इनसे बहुत ऊपर है। एक दिन की मौज-मस्ती की वजह से किसी का विश्वास तोड़ रहे हो। पैसा तो फिर आ जायेगा। टूटे हुए विश्वास का क्या करोगे? तुम्हें बदलना होगा। वो भी अभी से।

फादर अपना चेहरा झटक के वहां से चले जाते हैं। विल्सन की आँखें भर जाती है। चर्च में ईसु मसीह के नीचे वह बुत की तरह खड़ा रह जाता है।

बिनीत अपने बिस्तर पर बैठकर अपने मोबाइल में व्यस्त है।वह मोबाइल पर एक फुटबॉल गेम खेल रहा है। अचानक मोबाइल की स्क्रीन बंद हो जाती है।

छोटी अपनी सहेलियों के साथ बाज़ार जा रही है। छोटी सच्ची को विपरीत दिशा से आते हुए देखती है। वह फाइनल के बारे में पूछती है और यह भी पूछती है कि कौन सी टीमें फाइनल में हैं? सच्ची ने लापरवाही से जवाब देता है। "निकोलस और गंगा!" जब छोटी आशंका जताते हुए कहती है कि "दुन्नो में कहीं फिर झगड़ा न हो जाये"। "होने दो" सच्ची जवाब दे कर जाने लगता है। छोटी उसको देखती है फिर अपनी दोस्तों की तरफ मुड़ कर,

बोलती है - तुम लोग जाओ मैं बाद में आती हूँ।

उसकी सहेलियां चली जाती हैं। छोटी सच्ची के पीछे दौड़ती है।

इक़बाल और रूपुष सड़क पर चले जा रहे हैं। तभी इक़बाल देखता है कि मौलवी और पंडित एक ही साइकिल में दूर से उनकी तरफ आ रहे हैं। पंडित जी ध्यान से एक विशाल बर्तन पकड़े हुए हैं। रूपुष आगे बढ़ रहा है, वह देखता है कि इक़बाल उसके साथ नहीं है तो वह रुक जाता है। वह उसे देखने के लिए पीछे मुड़ता है। मौलवी और पंडित उनके पास आते हैं। वे दोनों को देखते हैं और रुक जाते हैं।

मौलवी पूछते हैं - क्या इक़बाल, फाइनल शुरू हो गया है?

इक़बाल चुप हैं। वह उन्हें देख रहा है।

रूपुष जवाब देता है - जी मौलवी साब, चालू है।

मौलवी फिर से पेडलिंग शुरू करते हैं।

रूपुष बर्तन को देख काट पूछता है - क्या है पंडित जी?

पंडित जी जवाब देते है - बेटा कुछ प्रसाद मिला हैं मुझे। जहां मैं पूजा करे गया था, वहां से।मुझे लगा कि यह काम आ सकता है।और मौलवी को - मैच खत्म होने से पहले, तेज चलो।

इक़बाल उनकी गेंद को पकड़े हुए है, यह देखकर मौलवी जी इक़बाल को - इसमें हवा भरने के लिए मत भूलना।

इक़बाल चुप है। मौलवी साइकिल चलाते हैं और दोनों दूर चले जाते हैं। इक़बाल उन दोनों को देखता रह जाता है।

मोबाइल गेम का शोर जारी है। बिनीत अपने बिस्तर पर ही मोबाइल पर एक फुटबॉल गेम खेल रहा है। अचानक मोबाइल की स्क्रीन बंद हो जाती है। वह इसे चालू करने की कोशिश करता है, लेकिन यह अभ्यस्त नहीं है। हताशा में वह अपने बिस्तर पर फोन गिरा देता है। पता नहीं क्या करना है, वह बाहर देखता है।

नागा ने माइक पर घोषणा की। फाइनल मैच शुरू होने वाला है। दोनों टीमें अपने-अपने स्थान पर खड़ी हैं, वे पूरी जर्सी में हैं। भीड़ चिल्ला रही है । छोटी, सच्ची के साथ स्टेज के पास आती है और वे चारों ओर भूषण को ढूंढ रहे हैं।

बॉल मैदान के बीच में है। दोनों कप्तान किक मारने के लिए तैयार हैं। सीटी बजती है और मैच शुरू होता है। गेंद एक बार RVC के गोल पोस्ट तक पहुंच जाती है, जहां RVC बचाव करती है। भीड़ खुश हो जाती है। RVC टीम के रक्षक अपने मिडफ़ील्डर्स को गेंद पास करने की कोशिश करते हैं, लेकिन कदमा सुपर 6 के हमलावर तेज हैं। फिर अचानक चपटी गेंद पर नियंत्रण कर लेता है, चपटी बॉल लेके सभी को छकाते हुए गेंद को गोल पोस्ट में डाल देता है। नागा का कमेंट्री "और ये लीजिये, शुरू हो गया चपटी का पहला वार, और RVC टीम का पहला गोल, और हमारे स्कोरर भूषण लिखेंगे स्कोरबोर्ड पे पहला गोल"।

भीड़ 'कदमा कदमा' चिल्ला रही है। नागा भूषण को खोजता है, लेकिन वह दिखाई नहीं देता है। वह छोटी और सच्ची को देखता है। छोटी उससे पूछती है - भूषण को देखा है? " मैं भी उसे ही ढूंढ रहा हूँ। मुझे भी बताना अगर मिले तो"। नागा माइक पर हाँथ रखते हुए प्रतिउत्तर देने के बाद अनाउंसमेंट शुरू करता हैं। छोटी और सच्ची विचार कर रहे हैं, वे विल्सन को चर्च की तरफ से आते देखते हैं। छोटी और सच्ची उसकी ओर जाते हैं। विल्सन सच्ची को देखता है। उसकी आँखों में गलती का अहसास साफ दिख रहा है। दोनों आपस में एक दूसरे को देखते हैं कि उन्हें समझ आ गया है।

छोटी - "कोई नहीं, विल्सन। सच्ची बइया को भी एहसास हुआ है"। बोलते हुए ही विल्सन की ओर हाथ बढ़ाती है।

भूषण आपने पिताजी के सामने खड़ा है। उसके पिताजी बहुत गुस्से में भूषण को बोल बोल रहे हैं - तेरा छोटी से हम शादी करा रहे हैं। इसका मतलब ये नहीं है कि तुम उस समाज के हो जाओ। मैं तुम्हे कई बार मना किया हूँ कि आदिवासी क्रिस्चिन का संगत छोडो और अपने करियर पे ध्यान दो। भूषण शांति से सुन रहा है। भूषण के पिताजी आगे कहना जारी रहते हैं - और पैसा तो हम तुमको नहीं दे रहे हैं। ये जो भसड़ मचाए हो, इसको तुम और तुम्हारा कौन है वह, सच्ची उसके साथ मिलके ठीक करो। भागो यहाँ से। भूषण निराश होकर घर से बाहर आता है।

पान की दुकान में इक़बाल और रुपुष चाय पी रहे हैं। रुपुष ने ग्लास कंटेनर खोल कर एक बिस्कुट का पैकेट निकलता है। जब मालिक उसे रोकता है। तब रुपुष अपनी जेब से एक नोट निकाल कर मालिक को देता है। नोट देखते ही दुकान का मालिक यानी दुकानदार समझ जाता है और मुस्कुराते हुए - "ओह! डबल खस्सी का पइसा? ये पैसे मैं नहीं ले सकता हूँ। ये खेल का पैसा है। खेल हमें नियम के अंदर रहना सिखाता है। तुम ये भी नहीं सीखे?" तंज कसता है।

रुपुष मुस्कुराता है, बिस्कुट का पैकेट खोलता है और उसे खाता है। मालिक पीछे हटता है। रुपुष इक़बाल को एक बिस्कुट देता है। इक़बाल मना कर देता है। इक़बाल मालिक के पास जाता है और उसे फुटबॉल को हवा से भरने के लिए कहता है।

फाइनल मैच चल रहा है। कुछ सेकंड के बाद, चपटी ने दूसरा गोल मारा। चपटी और उनकी टीम के लिए एक कोने में कुछ लोग चिल्ला रहें हैं। निकोलस रोमांचित है।

लेंघाइआ मैदान के एक कोने में भूषण का इंतजार कर रहा है। वो भूषण को आते देख कर पूछता है - कितना पैसा लाया भाई? भूषण पैसे निकालते हुए - पिताजी ने मुझे पैसे नहीं दिए।मेरे पॉकेटखर्च का 3500 बचा था, वो लाया हूँ। और तुम? लेंघाइआ भूषण को पैसे दे कर कहता है कि 2000 रुपये। भूषण पैसा ले कर गिनता है, दोनों बेसुध हो कर रोड में चलने लगते हैं।

रेफरी सिटी बजा के मैच को सेंटर लाइन से शुरू करता है। मैदान के प्रवेश द्वार पर छोटी, सच्ची और विल्सन भूषण को खोज रहे हैं। इसके साथ ही भूषण और लेंघाइआ प्रवेश द्वार पर आते हैं। भूषण और लेंघाइआ रुकते हैं। सभी एक दूसरे को देखते हैं। सभी शांत हैं। छोटी सन्नाटे को तोड़ते हुए आगे आ कर, भूषण और लेंघाइआ को "देखिए, विल्सन और सच्ची ने अपना विचार बदल दिया है" बताती है। भूषण, सच्ची और विल्सन को देखता है। छोटी मुस्कुराती है और सच्ची का हाथ पकड़ लेती है। भूषण भी मुस्कुराता है। छोटी भूषण को पैसे देती है। भूषण पैसे गिनता है और छोटी से पूछता है - पर, तुमने ये किया कैसे?

बस मैंने सच्ची दा को बराबरी का मतलब समझाया। मुझे मेरे जीवन में आप दोनों चाहिए। वो भी समान कद में। मैं आप दोनों के नजरों में एक दूसरे के लिए सम्मान चाहती हूँ।

सच्ची हाथ जोड़ कर भूषण से बोलता है - भाई, गलती हो गयी। भूषण सच्ची को गले लगते हुए "कोई बात नहीं साले" कहता है। सब हँसते हैं। छोटी मुँह बनाती है।

अब भूषण और लेंघाइआ के चेहरे पर ख़ुशी दिखने लगी है।"8500, अब हमें सीधे रज्जाक के पास चलना चाहिए, बाकि पैसे बाद में दे सकते है। भूषण सभी को कहता है। सभी सहमत हो जाते है लेकिन छोटी दृढ़ता से असहमत होते हुए कहती है - रुपुष और इक़बाल को नहीं छोड़ना चाहिए। वो भी वापस आएंगे। बस उन्हें समझाने की जरूरत है।"पर, हमारे पास समय नहीं है"। लेंघाइआ मैच की ओर इशारा करते हुए कहता

है।

"कोई बात नहीं। रज्जाक को फ़ोन कर दो। वो खस्सी ले के आ जायेगा। हम रुपुष और इक़बाल के पास चलते हैं। छोटी आईडिया देती है। "पर अब वे कहां होंगे?" विल्सन सभी से पूछता है। भूषण "पहले पान दुकान चल कर देखते हैं कि ऑटो है कि नहीं"। बोलता है तो सभी हाँ में सिर हिलाते हैं, और वे सब मैदान से बाहर निकल जाते हैं। दूसरे छोर से मौलवी और पंडित जी मैदान में प्रवेश करते हैं। पंडित जी अपने बर्तन को कस कर पकड़े हुए हैं।

फादर जल्दी से चर्च से बाहर आते हैं। वह चारों ओर देखते हैं औरमैदान की तरफ निकल जाते हैं।

छोटी, भूषण, सच्ची, विल्सन और लेंघाइआ चौक की ओर जाते हैं और इक़बाल को अपने ऑटो में बैठे हुए देखते हैं।

पादरी, गंगा तिर्की और पाहन कुछ गंभीरता से चर्चा कर रहे हैं। हर कोई चिंतित है। निकोलस इसे देखकर यह सुनने के लिए नजदीक आ रहा होता है कि वे किस बारे में बात हो रही है। पादरी ने उसे रुकने का इशारा करते हुए बोलते हैं - ये आप के मतलब का नहीं है।

पाहन व्यंग्यपूर्वक हंसते हैं। निकोलस अपने को अपमानित महसूस करता है। एवीएम - आकाश, विकास, मकसूद निकोलस को और अधिक परेशान करने वाले अपना संगीत बजाते हैं। वह मैदान की तरफ भाग जाता है। पाहन, गंगा और पादरी फिर से चर्चा शुरू करते हैं । पाहन सिर हिलाते हैं, और अपनी सीट पर बैठ जाते हैं। पादरी और गंगा बाहर निकलते हैं।

मैदान में खेल चल रहा है। लोग अभी भी चिल्ला रहे हैं। निकोलस अपनी टीम के लिए चिल्ला रहा है। वह अचानक गंगा को अपनी बुलेट स्टार्ट करते हुए देखता है। पादरी उस पर बैठते हैं। दोनों स्पीड में कहीं चले जाते हैं। वह भीड़ के चिल्लाऩे से परेशान होता है। वह खेल को देखते हैं। कदमा सुपर सिक्स टीम एक गोल करने वाली है, लेकिन चूक जाती है। भीड़ के चिल्लाने की आवाज़ धीमी होती है। निकोलस अपना पैर पटकते हुए अपनी मुट्ठी को भींचते हैं।

नागा का कमेंट्री सुनाई देता है - और ये कदमा गोल करने से चूक गई...

बुजुर्ग निराश हो गए हैं। बूढ़े आदमी, मौलवी और पंडित जो अब बैठे हैं, वे भी निराश हो जाते हैं। मौलवी पंडित की ओर मुड़ते हैं और - पंडित जी, प्रसाद वितरित करें।हमारी किस्मत बदल सकती है।पंडित - हाँ क्यों नहीं, मैं सिर्फ लड़कों के आने का इंतजार कर रहा था।

और वह प्रसाद बांटने लगता है।

इक़बाल आपने ऑटो में बैठा है। पास में छोटी, भूषण, सच्ची, विल्सन और लेंघाइआ खड़े हैं। छोटी इक़बाल से पूछती है - ऑटो ठीक हो गया? नहीं। आज मिस्त्री नहीं आया। इक़बाल जवाव देता है। और दोनों के बीच सवाल जवाव का सिलसिला सुरु होता है।

छोटी - क्या तुम जानते हो? पिछली बार डब्बल खस्सी में पुलिस क्यों आयी थी।

इक़बाल - गंगा चचवा पैसे ले के भाग गए थे।

छोटी - उसी दिन तुम्हारे पिताजी का भी एक्सीडेंट हुआ था ना?

इक़बाल - गंगा चचवा ने बड़ी मदद की थी उस रात।पर वो रात की बात है। पुलिस तो शामें में आयी थी।

छोटी - मैं बताती हूँ। क्या हुआ था उस दिन। गंगा चचवा खस्सी लाने जा रहे थे।उधर तुम्हारे पिताजी बहुत तेजी से मैदान की तरफ आ रहे थे कि फाइनल मैच छूट ना जाए। इसी क्रम में उनका एक्सीडेंट हो गया। वो सुनसान सड़क पर ऑटो के पास खून से लथपथ पड़े हुए हैं। कुछ लोग मोबाइल से वीडियो बना रहे। गंगा चचवा जब वहां पहुंचे तो वहां कोई मदद करने के लिए नहीं था। गंगा चचवा उन्हें हॉस्पिटल ले गए। सब पैसे वहीँ लग गया था। वहां कोई नहीं था इसीलिए गंगा चचवा वही रुक गए। जब गंगा चचवा समय पर मैदान नहीं पहुंचे, तो निकोलस पुलिस बुला लिया था। पुलिस को सरना ग्राउंड में देख कर, पाहन के गारंटी और गंगा चचवा के चलते रज्जाक ने डबल खस्सी दे के मामला शांत किया था। उसके बाद गंगा चचवा कभी डबल खस्सी नहीं करवाए।

सभी लड़के शांत है। क्योंकि कहीं ना कहीं सभी के मन में यह बात थी की पिछली बार डबल खस्सी फुटबॉल टूर्नामेंट में गंगा तिर्की ने पैसे की

हेरफेर की थी। गंगा तिर्की के व्यक्तित्व को देखते हुए, कोई यह मानना नहीं चाह रहा था। आज नहीं मानने तर्क उन्हें मिल गया था। सभी के मन में गंगा तिर्की का व्यक्तित्व थोड़ा बड़ा हो गया। इकबाल अपने जेब से पैसे निकालता है और भूषण को देने लगता है। रुपुष दुकान के अंदर से चिल्लाता है - तुम लोग मुझसे झगड़ा ही करोगे, तो भी मैं पैसे नहीं दूंगा। बुलेट की आवाज से सभी का ध्यान भंग होता है। वे मुड़ते हैं और देखते हैं कि गंगा और पास्टर उनके पास रुकते हैं। गंगा और पादरी उन्हें देखते हैं।

स्टेज में पंडित जी नागा को भी प्रसाद देता है, नागा प्रसाद खाकर, अपना मुंह पोंछता है और माइक में बोलता है - अब, हमारे पास पंडित जी का आशीर्वाद है, इस समय मैच बहुत रोमांचक स्तिथि में है। मैदान के बीच में, कदमा सुपर सिक्स एक गोल करने से चूक जाती है। टीम के सदस्य थोड़ा निराश होते हैं।

पान दुकान में एक बेंच पे रुपुष अकेले बैठा हुआ है। बाकी लोग दुसरे बेंच पे बैठे एवं पीछे खड़े हैं। जब रुपुष की नज़र गंगा पर पड़ती है।

गंगा, रुपुष को बोलना सुरु करते हैं - बहुत ठीक काम करने जा रहे हो। इसके बाद, क्या होगा?

सब लोग गंगा को देखने लगते है।

गंगा सब को बोलते हैं - निकोलस को तो तुम जानते हो, अगर उसको खस्सी नहीं मिला तो, वह तुमलोगों के घर जा के तुम्हारे माँ बाप को भी गरियायेगा। उसके बाद, लात खाओगे सो अलग। सिर्फ भूषण बचेगा। निकोलस उसके घर नहीं जा सकता है, क्यूंकि उसका बाप निकोलस से दर्जे में बड़ा अफसर है।

पूरा मैदान दर्शको से खचाखच भर गया है। एक छोटा समूह चिल्ला रहा है।"निकोलस, निकोलस..."

निकोलस उनका हौसला बढ़ाता है । यह देखकर एक आदमी पीछे मुड़ता है और चिल्लाता है। "कदमा... कदमा..."

उसके पीछे बहुत से लोग (बड़ा समूह) और जोर से चिल्लाता है। निकोलस उन्हें देखता है।

तभी नागा की कमेंट्री सुनाई देती है। "RVC दो गोल से आगे है। दूसरे तरफ गंगा की कदमा सुपर 6 एक भी गोल नहीं कर पाई है। फ़िर भी कदमा को दर्शकों का भरपूर प्यार और प्रोत्साहन मिल रहा है"।

पान दुकान चौक का मालिक सभी लोगों को चुपचाप देख रहा है। रुपुष अकेला है, चुप है। बाकी लोग दूसरे तरफ हैं।

गंगा सभी को समझा रहे हैं - खेल हमेशा उम्मीद पैदा करते हैं। खेलों की मदद से हम किसी भी विवाद को हल कर सकते हैं। टोला मोहल्ला में डबल खस्सी का पोस्टर होना चाहिए था, लेकिन अभी देखत हो कैसा कैसा पोस्टर है (पान दूकान पे लगे पोस्टर की तरफ इशारा करते हुए), ये क्या है?... सोचने की कोशिश किये हो कभी.... (सभी शांत हैं) क्योंकि डबल खस्सी हो ही नहीं रहा था। (दुकानदार को देखता है) सभी के लिए चाय। (फिर मुड़ के) सरना ग्राउंड में पादरी भी आये न। सरना झंडा लहराया क्या?

दुकानदार चाय बनाने के लिए तैयारी करता है।

मैदान के बीच में बॉल चपटी के पास है। वह गोल पोस्ट की ओर पहुँचता है। तभी अज़ान सुनाई देती है। एरिक सिटी बजाके मैच रोकने का इशारा करता है। चपटी हिचकिचाता है, कदमा का गोलकीपर एक तरफ खड़ा हो जाता है। चपटी शॉट मरता है, जो गोल में चली जाती है। दर्शक चुप है। चपटी उत्तेजना में चिल्लाता है। साइड लाइन में, निकोलस चिल्लाते हुए उछलने कूदने लगता है।"गोल... गोल..."

एरिक बॉल लेता है और गोल नहीं देता है। चपटी निराश हो जाता है।

पान दुकान में दुकानदार रुपुष को चाय देता है। वह नहीं लेता है। दुकानदार फिर दूसरों को चाय देता है। गंगा अपना चाय लेते हैं और अपनी बात जारी रखते हैं - खेलों में प्रेरणा देने की शक्ति होती है। यह उस भाषा में सभी से बात करता है जिसे वे समझ सकते हैं।ईमानदारी से डबल खस्सी करायो। अगली बार 14 की जगह 24 टीम आयेंगी। हर चौराहे पर डबल खस्सी टूर्नामेंट का पोस्टर नज़र आये ना की...(पॉज) समझ रहे हो तुमलोग। (रुपुष को) चाय पियो (दूकानदार को) तू भी पी।

दुकानदार एक बार फिर रुपुष के पास चाय ले के जाता है और उसे एक चाय देता है। रुपुष थोड़ा झिझकने के बाद चाय ले लेता है और पीता

है।

मैदान में अभी भी अज़ान सुनाई दे रही है। मैदान में चपटी पूरी तरह से आक्रोशित है। निकोलस रेफरी के पास जा कर बहस करने लगता है। "आपको यह गोल हमें देना होगा"। एरिक ने अपना सिर नहीं में हिलाने लगता है। एक ही चीज को दो या तीन बार दोहराया जाता है। विक्टर ये सब देखकर उनकी ओर जाता है और एरिक को बोलता है - चलो, हमलोग गोल मानते हैं।

विक्टर को देखकर निकोलस हैरान रह जाता है। एरिक भी विक्टर को देखता है।

स्टेज पर मौलवी अपनी नमाज़ पूरी करते हैं। और वह एरिक से कहता है - अब तो मैच शूरू करो। विक्टर, निकोलस को हैरान छोड़ते हुए तेजी से आगे बढ़ता है।

पान दुकान में दुकानदार खाली चाय के कप उठा रहा है और गंगा अपनी बात जारी रखते हैं - तुमलोग समझ रहे हो इसलिए पादरी और मैंने, भूषण और लेंघाइआ को प्रेरित किया डबल खस्सी कराने के लिए। बेशक फुटबॉल के दीवाने होने के नाते मौलवी और पंडितजी भी इसमें शामिल हैं। क्यूँ भूषण और लेंघाइआ?

भूषण और लेंघाइआ हाँ में सिर हिलाते है।

मैदान में निकोलस गुस्साते हुए दौड़ कर विक्टर के पास जाता है और उसे पकड़ कर बोलता है - विक्टर, तुम रे लौडा भर का छोरा अब तुम हमको बतायेगा कि गोल कैसे देते हैं, तुम तो अपना चचवा के पास जा रहा था न, हम न तुमको रोके यहाँ ग्राउंड में। रेफरी दोनों को अलग करता है, और जोकर की मदद से उसे मैदान से बहार भेजता है। सिटी बजाता है। मैच फिर शुरू होता है।

पान दुकान में गंगा तिर्की दुकानदार को चाय के पैसे देते हैं। पादरी अब वहीं बैठा है जहाँ पहले रुपुष बैठा था। उसके सामने सभी लोग खड़े हैं। रुपुष भी साथ में खड़ा है। अब पादरी बोलते हैं - खेल समाज को बांधने का काम करता है। यह एक तरह से लोगों को एकजुट करने की एक महान शक्ति है। जहां एक धर्म के रूप में खेल व्यक्तियों के सभी धर्मों को अपने में समाहित कर लेता है। तुम लोगों को फुटबॉल बांधे हुए है।

इसीलिए तुम लोग एक साथ हो। इसलिए जाओ और नई संस्कृति बनाने की कोशिश करो ।

सब लोग एक दूसरे को देखते है। हाँ में सिर हिलाते है। रुपुष अपनी जेब से पैसे निकालकर भूषण को देता है। अचानक उसका ध्यान कहीं जाता है। सब उस ओर में देखते हैं। बिनीत उनकी ओर आ रहा है। गंगा भूषण से पूछते हैं कि क्या इसने भी झोल किया है? भूषण नहीं में सिर हिलता है। बिनीत के पहुंचते ही भूषण उससे पूछता है - क्या मोबाइल की बैटरी डाउन है? "नहीं, फोन बंद। सोचा था कि थोड़ी चाय पी जाये। बिनीत जवाव देता है और पूछने पर की - क्या हुआ यहाँ पर? तो भूषण कुछ नहीं, लम्बा लेक्चरबाजी हुआ। रुपुष और भूषण एक-दूसरे को देखते हैं। रुपुष भूषण और लेंघाइआ के पास आ कर - भूषण मुझे माफ़ करना। आज, मुझे मेरी कमजोरी का एहसास हो गया। नियम और अभ्यास गोल करने के लिए बहुत जरुरी है। मैं भी आज से, गोल यानि कमीशन (upsc) करने तक नियमित अभ्यास करूँगा। ताकि जल्द से जल्द अपना लक्ष्य पा लूँ। धन्यवाद डब्बल खस्सी।

सभी लोग हॅसने हुए ताली बजने लगते हैं। बिनीत फुसफुसाता है "हमें सभी के लिए कानून द्वारा खेल को अनिवार्य बनाना चाहिए"।

हर कोई उसकी तरफ देखता है।

समय 6:00 बजे शाम। मौसम सुहाना हो चुका है। गर्मी भी थोड़ी कम हो गई। मैदान में खचाखच भीड़ है। मैदान के एक कोने में, एक छोटा समूह चिल्ला रहा है। "निकोलस..., निकोलस..." निकोलस उन्हें उत्साहित कर रहा है। अचानक वह एक जोरदार आवाज सुनता है। "कदमा... कदमा......"

निकोलस मुड़ता है और आदमी को चिल्लाते हुए देखता है। उसके बाद भीड़ धीरे-धीरे दोहराती है। हम देखते हैं कि गंगा तिर्की और पादरी बुलेट से मैदान में प्रवेश कर रहे हैं। भीड़ उन्हें देख रही है। वे बाइक खड़ी करते हैं। एवीएम - आकाश, विकास और मकसूद निकोलस को चिढ़ाते हैं। निकोलस उन्हें दूर भगाता है, लेकिन वे जाने से इनकार करते हैं। मैच जारी है।

जैसे गंगा और पादरी मेज पर आते हैं। पंडित उन्हें प्रसाद देते हैं। सब के सब बैठ गए। छोटी, इक़बाल, भूषण, विल्सन, लेंघाइआ, रुपुष, बिनीत और सच्ची पहुंचते हैं। इक़बाल के पास मौलवी की गेंद है। AVM अभी भी निकोलस से पीछे हैं। और चिल्ला रहा है "निकोलस..., निकोलस..." । निकोलस चिढ़ जाता है।

आकाश कहता है - मामला हार जीत का नहीं है, मामला बहुमत का है। हमलोग भी बहुमत के साथ हैं। और फिर चिल्लाना शुरू करता हैं। "गंगा..., गंगा..."

निकोलस कुछ समूह को चिल्लाते हुए सुनता है। "कदमा... कदमा......"

निकोलस देखने के लिए पीछे मुड़ जाता है। यह उस समूह के भीतर का छोटा समूह है जो पहले उसका समर्थन कर रहा था जो अब चिल्ला रहा है। छोटे समूह में हर कोई एवीएम के जुमला को दोहराता है। अब पूरा मैदान चिल्ला रहा है। निकोलस बूत बन गया है। जैसे उसे कोई भी आवाज़ सुनाई नहीं दे रही है। उसके दिमाग में, आकाश की बात "मामला हार जीत का नहीं है, मामला बहुमत का है। हमलोग भी बहुमत के साथ हैं" और विक्टर की बात "हम गोल मानते हैं।चलो चलो मैच शूरू करो" और चलने लगती है।अचानक जुमले की तेज आवाज़ से उसकी ध्यान टूटता है। निकोलस थोड़ा भ्रमित और परेशान हो जाता है।

पूरे मैदान में "कदमा - कदमा और गंगा - गंगा " नारे की गूंज सुनाई दे रही है। मैच पूरी तेजी पर है। अनिक, विक्टर और राजा चपटी को कोने में रखने की कोशिश करते हैं। चपटी की टीम के साथी ने चपटी को गेंद पास की, लेकिन तीनों उसको रोक देते हैं। विक्टर गेंद पर नियंत्रण रखता है और गोल करता है। भीड़ चिल्लाने लगती है। नागा का कमेंट्री चल रहा है - और हो गया कदमा का पहला गोल। लेकिन RVC अभी भी एक गोल से आगे है।

गेंद को आरवीसी गोलकीपर किक मरता है। रेफरी एरिक, गेंद के साथ दौडते हुए गौर करते रहता है। कदमा के एक खिलाड़ी फाउल करता है। सतर्क एरिक अपनी सीटी बजाता है और खेल को रोकता है।

मंच पर बूढ़ा व्यक्ति असामान्य रूप से परेशान हो जाता है। वह हिलता है तो उसकी जेब से बोतल गिरने वाली है, लेकिन वह उसे संभाल लेता है।

RVC को एक फ्री किक दी जाती है। एक RVC खिलाड़ी किक करता है और गेंद चपटी की ओर बढ़ाता है। रेफरी बॉल के साथ साथ दौड़ते हुए रुमाल से पसीना पोछता है। जैसे ही वह अपना चेहरा पोंछता है, चपटी कदमा के किसी खिलाड़ी को मार देता है, जो नीचे गिर जाता है। गेंद मैदान के बाहर चली जाती है। एरिक झट से रुमाल अपनी जेब के अंदर डाल देता है। एरिक फाऊल नहीं देता है।

मंच पर, बूढ़ा आदमी मेज पर उठता है और चिल्लाता है। "फाऊल है..."

मैदान में, कुछ अन्य खिलाड़ी शिकायत लेकर एरिक के पास आते हैं। एरिक इसे नहीं मानता है। मैच रुका हुआ है। एरिक गेंद ले कर रखता है और चपटी को किक लेने के लिए कहता है।

बूढा आदमी मंच से नीचे कूदता है और मैदान में दौड़ता है। उसकी बोतल नीचे गिर जाती है। पादरी, पंडित, मौलवी बूढ़े आदमी के पीछे भागते हैं। भूषण और सच्ची भी पीछे-पीछे जाते हैं। पाहन एक टक बिना भाव के, गिरी हुई बोतल को देखता है।

मैदान में, बूढ़ा आदमी दौड़ता हुआ आता है और एरिक का कॉलर पकड़ कर बोलता है -हुँने (उस तरफ) जब कोई गिरता है तो सीटी बजता है और हिने (इस तरफ) जब कोई गिरता है तो सीटी नहीं बजता है, पसीना पोछते हो कहे रे मार्क्स पुत्र?

भूषण और सच्ची आते हैं और उन्हें अलग करते हैं।

एरिक बिनती करते हुए आपने पक्ष रखता है -क्या अंकल, इधर (कदमा कदमा सुपर सिक्स के ओर) जायदा धयान देना पड़ता है। नहीं तो निकोलस चचवा बोलेगा, रेफरी कदमा की तरफ़ से है।

पादरी, पंडित जी को बोलते हैं कि ईमानदार आदमी लगता है। "पूरी दुनिया मार्क्स के इन बेटों से छुटकारा पा रही है, लेकिन एक यहाँ रह गया है और यह हमारा दुर्भाग्य है कि हमें इसे सहना पड़ रहा है।"पंडित जी पादरी की बात में जोड़ते है। मौलवी जो एरिक को दोनों तरफ के लिए

एक जैसा होने के लिए कहते है।

बूढ़े आदमी का हाथ पकड़ कर मैदान से बाहर ले जाने की कोशिश करते हुए जब बोलते है - अरे अरे अरे हम बताते हैं कि क्या हो रहा... तो बूढ़ा आदमी निकोलस को मजबूती से रोकता है।खुद मैदान से बाहर आने लगते हैं और गुस्साते हुए निकोलस को - चुप, तुम क्या बतायेगा, सवेरे से गेजा कर रहा है।

मैदान में जितने भी लोग हैं, हंसने लगते हैं। निकोलस को बुरा लगता है।

धीरे-धीरे भीड़ जुमला दोहराने लगती है।

जुमले की आवाज निकोलस को परेशान कर रही है।निकोलस की आंखों के सामने वही दृश्य आने लगता है जिसमें पादरी, गंगा तिर्की और पाहन को मिलन क्लब के लड़कों और पैसे वाली बात बता रहे होते हैं। निकोलस जिसे सुनने के लिए करीब जाना चाहता था। परंतु पादरी ने उसे पास आने से मना कर दिया था और पाहन व्यंग्यात्मक रूप से हंसा थे। निकोलस अपना सिर झटकते हैं। लेकिन उसे मैदान के अंदर बूढ़े आदमी द्वारा बोले गए शब्द "चुप, तुम क्या बतायेगा, सवेरे से गेजा कर रहा है" अपमानित महसूस कराता है। वह विचारमग्न है, तभी एरिक की सीटी बजती है जो हाफ टाइम का संकेत है।

नागा की कमेंट्री है। "और इसी के साथ हो चूका है हाफ टाइम"। पीए सिस्टम में एक स्थानीय गीत बजाया जाता है।

बीच मैदान में पंडित जी इकबाल, विल्सन और बिनीत को देखता है और अचानक उन्हें कुछ याद आता है। वे अपना बर्तन ले कर आते हैं। और उन्हें प्रसाद देना शुरू करते हैं, पहले इक़बाल और फिर विल्सन को। जब बिनीत की बात आती है तो पंडित मुस्कुराते हैं और कहते हैं - हम सभी जानते हैं कि सभी धर्मों पर प्रतिबंध लगा देना चाहिए। लेकिन पहले इसे खा लें, आपको भूख लगी होगी। बिनीत गुस्से में प्रसाद खाने लगता है।

गंगा ब्रीफिंग के लिए कदमा सुपर सिक्स टीम के पास जाता है। पूरे मैदान में शोर है। लोग गंगा-गंगा की जय-जयकार करने लगते हैं। निकोलस गंगा को ईर्ष्या से देखता है। गंगा ने विक्टर से पूछता है - क्या

चपटी तुम्हें परेशान कर रहा है? लक्ष्य को गोल पर रखो। जीतेगा वही जो अच्छा और बेहतर होगा। तुम लोगों के पास बेहतर तकनीक है। खुद पर भरोसा करके, मस्ती में खेलो। खिलाड़ी और टीम हारेगा या जीतेगा। लेकिन खेल हमेशा जीतेगा।

निकोलस भी अपनी टीम को ब्रीफिंग कर रहा है। बिनोद निकोलस को एक तरफ खींच कर पूछता है - आपने चपटी को उस समय क्या करने के लिए कहा था?

निकोलस कुछ देर बिनोद को देखता है। फिर जवाब देता है - कुछ भी तो नहीं। अपने खेल पर ध्यान लगाओ। डबल खस्सी हमारा होगा। इस दौरान निकोलस ईर्ष्या से गंगा पर नजर रखता है।

मंच पर इक़बाल और मौलवी बैठे हैं। इक़बाल प्रसाद खाते रहता है एकदम से उसे धयान आता है और मौलवी को देखता है। मौलवी मुस्कराए। वह मौलवी को प्रसाद देता है।

मौलवी कुछ हिचकिचाहट के बाद ले कर कहते हैं - यह सारा फुटबॉल तनाव निश्चित रूप से किसी को भूखा बना देता है।

दोनों खाते हैं। अचानक इक़बाल नीचे झुकता है और टेबल के नीचे से एक फुटबॉल लेता है और उसे टेबल पर रखता है। मौलवी इसे देखकर खुश हो जाते हैं। पूछते है - क्या इसे में हवा भर दिया है? वह अपना प्रसाद जल्दी से निगल लेते हैं। और गेंद को पकड़ लेते हैं। और उसके साथ ड्रिबल करने लगते हैं।

नागा माइक पर उद्घोषणा करता है - और इसी के साथ हाफ टाइम समाप्त, सब मैदान खाली कीजिए। खिलाडियों को छोड़ के पान बीड़ी, चना, फुचका, छौवा मन साइकिल सब बाहर, चलो चलो...

इस उद्घोषणा के दौरान, सभी लोग ग्राउंड खाली कर रहे हैं, सारे वेंडर भी धीरे धीरे मैदान से बाहर जाते हैं, कुछ बच्चे जो साइकिल चलाने लगे थे हाफ टाइम में, को जोकर और रज्जी बाहर जाने के लिए कह रहा है। टेबल पर लड़के देखते हैं। जहाँ पादरी, पाहन, पंडित, मौलवी और बूढ़ा आदमी बैठे है। एरिक ने सीटी बजाई। खेल शुरू होता है। गेंद एक बार एक पोस्ट की ओर जाती है और फिर दूसरे पर लौट आती है। गेंद मैदान से बाहर जाती है। निकोलस इसे रोकता है और इसे वापस मारता है। नागा

माइक पर कहते हैं- अभी खेल नियम और खेल भावना से खेला जा रहा है।

थोड़ी देर बाद विक्टर बिनोद को छकाते हुए एक गोल कर देता है। भीड़ चिल्लाने लगती है। मेज पर, पादरी, पाहन, पंडित, मौलवी और बूढ़ा खुशी में चिल्लाते हैं। मैदान में भीड़ झूमते नाचते ख़ुशी मानते अंदर तक चली आती है। मंच पर, नागा चिंतित हो कर दर्शकों से अनुरोधकरता है - सब मन ग्राउंड में मत घुसो। अभी भी टाइम बचा है खेला पूरा होने में। जल्दी जल्दी बाहर निकला हो। और विक्टर के शानदार गोल से स्कोर 2-2 के बारबरी पे आ चूका है।

रज़्ज़ी, जोकर, एरिक और मिलन क्लब के कुछ सदस्य सब को मैदान से बाहर निकालते हैं । निकोलस भी मैदान में घुस जाता है। बिनोद उसे देखता है। तुरंत, वह निकोलस के पीछे जाता है। जैसे ही निकोलस चपटी के पास आता है, उससे कहता है - विक्टर के टूल बॉक्स को ।

वह अन्य लोगों को दूर ले जाने के लिए आगे बढ़ता है, अपनी पैंट को ठीक करता है। बिनोद यह सुनता है और थोड़ा हैरान होता है। चपटी निकोलस की बात समझता है। बिनोद निकोलस के पास जाता है और उसे पकड़ कर तुमते हुए कहता है - यह ठीक नहीं है...

निकोलस उसे एक सेकंड के लिए देखता है और चिल्लाता है - तुम अभी भी इसके लिए बहुत छोटे हो... जाओ, खेल पर ध्यान दो । और वह लोगों को मैदान से निकालने लगता है ।

मंच पर पादरी, पाहन, मौलवी, पंडित और बूढ़ा आदमी बहुत टेंशन में बैठे हैं। छोटी और मिलन क्लब के बाकी सदस्य भी टेंशन में हैं। निकोलस बहुत टेंशन में मैदान के किनारे है। वह मैदान की ओर मुड़ जाता है। एरिक सीटी बजाता है। विक्टर बॉल को ले कर आगे बढ़ता है। चपटी कुछ तय कर, विक्टर और राजा की ओर दौडता है। चपटी दोनों से भिड़ जाता है। अचानक राजा गिर जाता है। किसी को पता नहीं चलता है कि क्या हुआ। फाऊल भी नहीं होता है। स्टेज पर, छोटी एक दम से हैरान होती है। मैदान में निकोलस निराश हो कर चपटी को बोलता है - अबे... विक्टर को... विक्टर को...

मैदान में, बिनोद चिंता में दौड़ कर राजा के पास आता है। चपटी राजा से माफी मांगता है। एरिक आता है और उन्हें आगे बढ़ने के लिए कहता है। राजा खड़ा होता है और सभी खिलाड़ी आगे बढ़ते हैं। छोटी चिंतित और आश्चर्यचकित है। उसे पता चलता है कि चपटी राजा की कमर पर लात मार रहा है।

छोटी भूषण को कुछ कहती है, जो आश्चर्य व्यक्त करता है। मैदान में भूषण रज्जी से कुछ कहता है और चला जाता है। रज्जी हैरान है। वह एरिक के पास जाता है और कुछ कहता है। एरिक हाँ में सिर हिलाता है। विक्टर के पास गेंद है वह उसे RVC के गोल पोस्ट पर ले जाता है। चपटी एक बार फिर स्पष्ट इरादे से गेंद की तरफ बढ़ता है, विक्टर से भिड़ जाता है। एरिक उसे गौर से देखता है। बिनोद चपटी को देख रहा है जैसे वह जानता है क्या होने वाला है। छोटी और भूषण गौर भी से देखते हैं। रज्जी गौर से देखता है। चपटी विक्टर की कमर (टूल बॉक्स) को बड़े सफाई से दबाता है। विक्टर दर्द से गिर जाता है, अपनी कमर पकड़ लेता है। बिनोद, विक्टर और चपटी को देखता है और फिर निकोलस को। निकोलस फिर से अपनी मुट्ठी भींच लेता है। मंच पर मौजूद बूढ़ा एक लंबी सांस लेता है। मिलन क्लब के सदस्य भी यही करते हैं। चपटी विक्टर को गिरते हुए देखता है और वह भी नीचे गिर जाता है जैसे कि उसे भी मारा गया हो। निकोलस उसे देखकर चिल्लाता है - यह तो ओवर एक्टिंग है।

एरिक सिटी मारता है और एक लाल कार्ड निकालता है और उसे चपटी को दिखाता है। चपटी उग्र हो जाता है और निकोलस भी। छोटी और भूषण उल्लास से भर उठते हैं। विक्टर मुस्कुराया।

मेज पर, नागा माइक पर बोलना शुरू करता है - मैच के आखरी पांच मिनट बचे हैं। RVC अब 5 हीं खिलाड़ी के साथ खेलेगा। चपटी को लाल कार्ड मिल चुका है, चपटी मैदान से बाहर जाते हुए। फाऊल किक लेने के लिए विक्टर तैयार हो चुके हैं। अच्छी बात है कि उसको ज्यादा चोट नहीं आयी है।

मैदान में सन्नाटा है। बिनोद निकोलस की तरफ दौड़ कर जाता है और उनको बोलता है - घाटा हो गाया ना? हम अभी एक खिलाड़ी कम हो

गये।

निकोलस चिढ़ जाता है। गंगा तिर्की इस बातचीत को सुनता है और मुस्कुराता है। सीटी बजती है। बिनोद को मजबूरन मैदान पर लौटना पड़ता है। विक्टर खुद को इकट्ठा करता है और फ्री किक के लिए तैयार हो जाता है। बिनोद विक्टर के पास यह देखने के लिए आता है कि वह ठीक है। विक्टर ने सिर हिलाया। बिनोद अपना स्थान लेता है। विक्टर किक के लिए दौड़ते हुए आता है। पाहन, पादरी, पंडित, बूढ़ा और मौलवी देखते हैं। विक्टर गेंद को किक मारता है। गेंद हवा में है। मिलन क्लब के सदस्य देख रहे हैं। भूषण और छोटी देख रहे हैं। गंगा देखता रहा है। निकोलस देख रहा है। जोकर देख रहा है। रज्जी देख रहा है। गेंद घूम के जा रहा है। एरिक देख रहा है। बिनोद देख रहा है। ब्लॉक टीम देख रही है। दादेल देख रहा है। चपटी देख रहा है। वह महिला जो मुर्गा बनाई थी देख रही है। मुर्गा लड़ाई आयोजक देख रहा है। चना वाला देख रहा है।

गोल कीपर डाइव करता है। गेंद उसके पहुंच से बाहर से निकलती है और नेट से टकराती है। भीड़ खुश होकर चिल्लाती है। अधिकांश उपरोक्त लोग जश्न मनाते हैं। बिनोद अपने सिर को हिलाता है, थोड़ी देर बाद विक्टर को देखता है और ताली बजाता है। निकोलस बहुत हतोत्साहित और निराश हो जाता है ।

AVM - आकाश, विकास और मकसूद मैदान में दौड़ते हैं। पाहन, मौलवी, पादरी, बूढ़ा आदमी, पंडित मैदान में दौड़ते हैं। रज्जी और जोकर को पार करते हुए पूरी भीड़ मैदान में दौड़ती है। इसे देखकर गंगा तिर्की भी मैदान में दौड़ पड़ता है। पूरे मिलन क्लब के सदस्य भी मैदान में दौड़ते हैं।

नागा दर्शकों से अनुरोध करता है - कृपया मैदान से बहार निकालिये अभी मैच खत्म नहीं हुआ है। अभी खेल बाकी है।

गंगा और मिलन क्लब के सदस्य लोगों को बाहर निकालने के लिए समझाने की कोशिश करते है। चपटी दादेल और बिनोद को देख कर बोलता है - क्या गोल है।

दादेल और बिनोद अचंभित हैं, वे निकोलस के अगल बगल से मैदान में भागते हैं। मेज पर, नागा हताश है। वह बार - बार अनुरोध कर रहा है

- कृपया, मैदान से बाहर निकलिये, अभी मैच खत्म नहीं हुआ है।

निकोलस खुद को सम्भालता है और लोगों को बाहर जाने के लिए कहते हुए मैदान में दौड़ता है। गंगा भी लोगों को मैदान से बाहर निकलने के लिए मनाने की कोशिश करता है। जैसा कि निकोलस लोगों को मैदान से बाहर धकेलता है, वह देखता है, बिनोद विक्टर को बधाई दे रहा है। चपटी भी वहीं है।वह कमर की ओर इशारा करते हुए विक्टर से कहता है- सॉरी भाई... गलती हो गई। विक्टर सिर हिला कर जबाब देता है। यह देखकर निकोलस बिखर जाता है, फिर भी वह लोगों को मैदान से धकेल रहा है। जब वह ऐसा कर रहा होता है, वह गंगा से टकरा जाता है। दोनों कुछ देर तक एक-दूसरे को देखते रहते हैं।

बहुत लंबे समय के बाद इन दोनों का इस तरह आमना-सामना हुआ है। दोनों कुछ देर तक एक-दूसरे को देखते रहते हैं। मैच के लिए काफी कम समय बचा है, जिसे गंगा तिर्की बचाना चाहते हैं। तो वही शुरुआत करते हैं - अरे बाहर जाओ ना मैदान से, अभी खेल बाकी है। निकोलस उलटे गंगा को कहते हैं - तो तुम काहे अंदर है, बाहर जाओ। (जोर से चिल्ला कर) सब कोई बाहर जाओ। गंगा को निकोलस का जवाव देना अच्छा नहीं लगता है। वो उससे कहते है - तुम अभियो नहीं चेता है रे, तुम मैदान में आने से पहले ही जीत जाता है,

इसीलिए तो तुमको मैदान में बेईमानी करना पड़ता है।

भीड़ मैदान में हलचल मचा रही है, एक-दूसरे को धक्का दे रही है। निकोलस और गंगा को भी चारों ओर से धकेला जा रहा है। गंगा अपनी बात जारी रखते हैं - देखो, चपटी भी अपनी गलती मान लिया है। बिनोद भी मानता है, कि बेहतर टीम जीतती है। हम हमेशा खेल के आनंद के लिए खेलते हैं। (बाकी को) बाहर निकलो, कृपया बाहर निकलो...

चारों ओर धक्का इतना अधिक हो जाता है कि निकोलस और गंगा काफी नजदीक आ जाते हैं। वे टकराते हैं। वे एक कदम पीछे हटते हैं और एक दूसरे को देखते हैं। निकोलस का ईगो उसे झुकने नहीं देता है। वो गंगा पर कटाक्ष करते हुए कहते हैं - तेरा औकात क्या है मेरे सामने, फिर भी पुरे मैदान में गंगा - गंगा। कान पक गया। जो निकोलस - निकोलस चिल्ला रहा था, वो भी तुम्हारे तरफ चला गया। अइसा क्या है तुम्हारे

पास। गंगा जोर से हँसते हुए जवाव देते हैं - अकेला चना भाण्ड फोड़ता है क्या। 'मेरे' पास नहीं 'हमारे' पास। 'हम' में सब खुशी है जो 'मैं' में नहीं है। थोड़ा सोचो। .... हमारे पास कुछ नहीं है पर सब कुछ है। (चारो तरफ इशारा करते हुए) समाज है, समाज। तुम्हारे पास तो वो भी नहीं। और इज़्ज़त का क्या? समझा?

निकोलस मैदान में चारों तरफ देखते हैं। पूरी भीड़ 'कदमा -कदमा', 'गंगा - गंगा' चिल्ला रही है। उन्हें समझ में आ गया है। मैदान में जितने लोग भी हैं सभी कदमा सुपर सिक्स यानी विक्टर को जीतते देखना चाहते हैं। मैदान में उनके खिलाड़ियों के अलावा, कोई भी ऐसा व्यक्ति नहीं है, जो उनकी टीम को सपोर्ट कर रहा है।

चारों तरफ भीड़ बढ़ जाती है, दोनों को और पास धकेल देती है। निकोलस मुस्कुराने लगता है। उसे देख कर गंगा भी मुस्कुराता है। निकोलस सिर हिलाकर गंगा से कहते हैं - आज समझ में आया, 'हम' की ताकत 'मैं' में नहीं है।(खुश हो कर) पिछले डबल खस्सी में अपने बेईमानी और हंगामे के लिए माफी माँगता हूँ। आज के खेल ही नहीं। पिछला डबल खस्सी के लिए भी। गंगा आश्वस्त होना चाहता है जैसे उसने कुछ गलत सुन लिया हो। वो पूछता है - क्या? सुनाई नहीं दिया।

निकोलस ज़ोर से चिल्लाता है - बेबकूफ, मैंने कहा मुझे पिछली बार की गड़बड़ी के लिए खेद है... गंगा को गले लगाते हुए हम भी जीत गए बे...

दोनों की आंखें नम हो जाती हैं। निकोलस कुजूर और गंगा तिर्की का मिलन, पादरी, पंडित जी, मौलवी जी, पाहन और बूढ़ा आदमी बहुत आश्चर्य के साथ देख रहे हैं। मिलन क्लब के लड़के एरिक को इशारा करते हैं और वो लंबी सीटी बजा कर खेल समाप्त होने का संकेत देता है।

उसके बाद हर साल यहाँ डबल खस्सी फुटबॉल टूर्नामेंट होता है। एंट्री फीस बंद कर दी गई है। डबल खस्सी का इंतजाम निकोलस कुजूर और गंगा तिर्की करते हैं।

www.ingramcontent.com/pod-product-compliance
Lightning Source LLC
La Vergne TN
LVHW101950220826
846093LV00006B/165

* 9 7 9 8 8 8 8 3 3 8 2 4 7 *